在謊言拆穿之前

この嘘がばれないうちに

川口俊和

Toshikazu Kawaguchi

丁世佳——譯

【給台灣讀者的作者序】

致台灣的各位讀者：

繼《在咖啡冷掉之前》後，《在謊言拆穿之前》也在台灣翻譯出版，我真的感到非常地高興。在此向購買閱讀的讀者們致上最深的謝意。

這次作品的關鍵詞是「謊言」。

本書一開頭引用了俄羅斯小說家、思想家杜斯妥也夫斯基的名言：「人生最困難的事，就是不說謊而活下去。」我的人生也說過很多謊言，這次就以我小時候發生過的一件事來跟大家分享。

那應該是小學五年級的事吧。我父親早逝，只有母親工作撫養我們，她一手拉拔哥哥、弟弟和我，真的很辛苦。但是當時我完全無法體會母親的辛勞，只覺得家裡很窮，真的非常討厭。

小時候沒有便利商店，只有雜貨店可以閒逛，我們習慣在那裡買一個十日圓、二十日圓，最貴也不過一百日圓的零食來吃。話雖如此，當時我的零用錢一天只有五十日圓，買兩三個點心就立刻沒了。我的朋友裡有人的零用錢一天就有一兩百日圓，真是讓我羨慕得不得了。

有一天，我實在受不了每天只有五十日圓，便擅自從媽媽的錢包裡拿走了一百日圓去花掉。我知道自己做了錯事，但是那一百日圓換得了平常買不到的東西，帶給我的充實感，讓我不禁催眠自己「一次拿一點就不會被發現吧！」我就這樣不斷麻痺自己，偷拿的錢也越來越多。

轉眼間，我從媽媽錢包裡拿的錢，有時候多達兩千日圓。當然，朋友們都覺得很奇怪：「你怎麼會有這麼多錢啊？」但我總是撒謊說：「我在路上撿到的。」

母親自然也覺得奇怪，自己的錢包裡每天都會少個幾百日圓到幾千日圓。母親是大人，錢包裡少了幾百幾千塊錢，當然會發現。但是當時我卻自以為，絕對不會有人發現我偷錢。
某天晚上，母親把我們三兄弟都叫到跟前，說有重要的事情。
她溫柔地對我們三個人說：「最近錢包裡常常少錢，是你們誰拿了嗎？媽媽不會生氣的，希望你們老實說。」
但，母親應該知道是我拿的吧？
她輪流問著哥哥和弟弟：「是你拿的嗎？」
最後轉向我說：「俊和是你拿的嗎？」
我心裡直冒冷汗，但我還是撒謊說：「我沒拿。」
「真的？真的沒拿嗎？」母親只這樣追問我一個人。
我一面哭著堅持自己沒拿。
我想我其實不是假哭，而是害怕被發現嚇到哭出來。
「我沒拿。」我一直這麼說。
經過一番拉鋸之後，母親說了一句話：「知道了，我相信你。」然後當著我的面把自己的錢包放進櫃子的抽屜裡，接著說：「以後我都把錢包放在這裡，誰高興就來拿吧。知道了嗎？」

從此之後，我就沒有從母親的錢包裡偷拿過錢了。

這種心境的轉變到底是怎麼一回事？當時的我並不明白，母親應該也沒想到這樣做我就會不再拿錢了吧。但我還記得年幼的我，因為母親相信自己的謊言而感到很開心。

我可能是覺得自己不能背叛母親的信賴吧？

謊言，有像是當時的我這樣為自己辯護的惡劣謊言，並不全都是像本書裡所描繪的「溫柔的謊言」。不過，人活著都會在各種不同的情況下，說很多的謊。依說謊的對象，我們也會發現謊言是非常重要的。那可能是信賴，也可能是關懷、愛情、或是希望別人幸福。

當然，說謊也會傷害別人；但是像我母親這樣，雖然可能遭背叛，但仍舊相信別人的謊言，這樣的人也可能大幅改變你的人生。要是當時母親不相信我的謊言，那麼，這本《在謊言拆穿之前》可能就不會誕生了。

我打心底感謝經由謊言教會我做人處事之道的母親。

我從母親那裡學到的智慧，撰寫成以謊言為關鍵詞的故事，也希望能經由這本書傳遞給台灣的讀者。

向台灣讀者致上衷心的謝意。

《在謊言拆穿之前》川口俊和

序幕

某個城鎮裡，某家咖啡店的某個座位上，有著不可思議的都市傳說。

據說只要坐上那個座位，在坐在那個位子上的期間，就能移動到任何你想回去的時間點。

只不過，囉唆的是……有著非常麻煩的規矩。

一、就算回到過去，也無法見到不曾來過這家咖啡店的人。

二、回到過去之後，無論如何努力，也不能改變現實。

三、神秘的座位有人，必須等到那個人離席時才能去坐。

四、即使回到過去，也不能離開座位行動。

五、回到過去的時間，只從咖啡倒進杯子裡開始，到咖啡冷卻時為止。

囉唆的規矩還不止這些。

即便如此，今天也還是有聽說了都市傳說而造訪這家咖啡店的客人。

序　幕

咖啡店的名字，叫做纜車之行*1。

聽說了這麼多的規矩，
你還是想回到過去嗎？

這本書講的就是這家不可思議的咖啡店裡，發生的四個溫暖人心的奇蹟。

第一話【好友】：去見二十二年前去世好友的男人的故事。
第二話【母子】：無法出席母親葬禮的兒子的故事。
第三話【戀人】：回去見沒結成婚的戀人的男人的故事。
第四話【夫婦】：沒把禮物送給妻子的老警察的故事。

要是能回到那一天，你想見到誰？

＊注1：フニクリフニクラ：Funiculì funiculà著名義大利拿波里民謠。

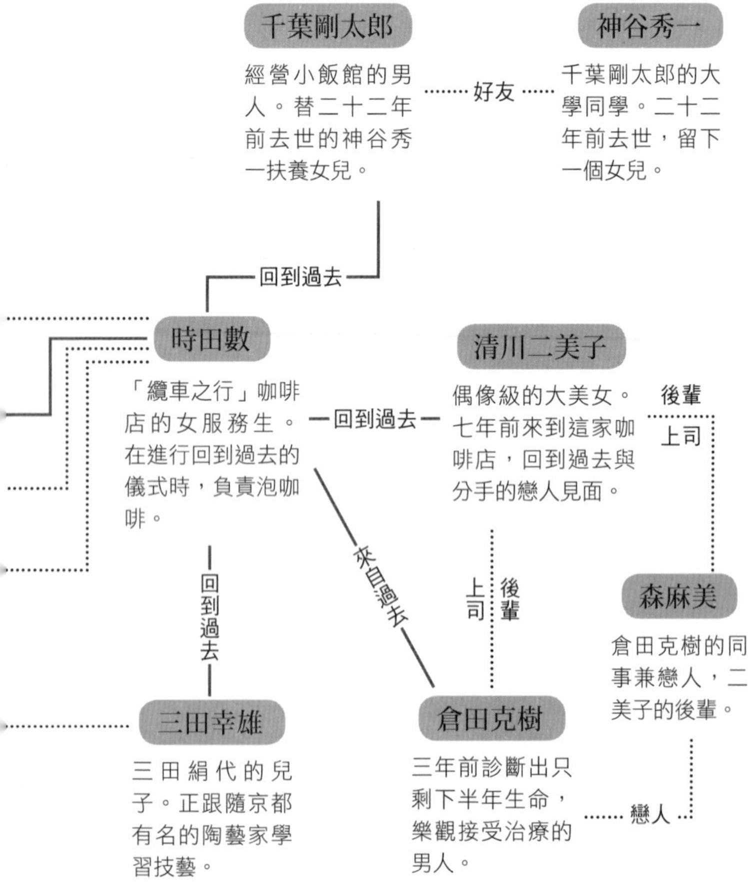
千葉剛太郎
經營小飯館的男人。替二十二年前去世的神谷秀一扶養女兒。
好友
神谷秀一
千葉剛太郎的大學同學。二十二年前去世，留下一個女兒。
回到過去
時田數
「纜車之行」咖啡店的女服務生。在進行回到過去的儀式時，負責泡咖啡。
回到過去
清川二美子
偶像級的大美女。七年前來到這家咖啡店，回到過去與分手的戀人見面。
後輩
上司
森麻美
倉田克樹的同事兼戀人，二美子的後輩。
來自過去
上司
後輩
回到過去
三田幸雄
三田絹代的兒子。正跟隨京都有名的陶藝家學習技藝。
倉田克樹
三年前診斷出只剩下半年生命，樂觀接受治療的男人。
戀人

※人物相關圖

萬田公子

萬田清的太太。遭案件波及，不幸喪生。

時田計

流的太太、美紀的媽媽。因為心臟不好，六年前生下美紀後就去世了。

時田美紀

流與已故的時田計之女，小學一年級生。

夫婦

夫婦

親子

萬田清

神田警察局的警察。替太太準備了生日禮物，但卻沒有送出去。

時田流

時田數的堂兄、咖啡館的老闆。身高將近兩公尺的大漢。

堂兄妹

回到過去

？

穿著白色洋裝的女人

坐在能回到過去位子上的幽靈。一天只去一次洗手間，通常坐在位子上靜靜地看書，要是想強迫她離席，就會被詛咒。

學生

老師

三田絹代

半年前診斷出癌症入院，為了不讓幸雄擔心，並沒有告訴他住院的事，最後因病情急轉直下而去世。

母子

在謊言拆穿之前　目次

第一話 【好友】

千葉剛太郎二十二年來，都在對女兒說謊。

「人生最困難的事，就是不說謊而活下去。」有個叫做杜斯妥也夫斯基的小說家曾經這麼說過。

雖然說是「謊言」，目的卻各有不同，像是為了美化自己而說的謊言、為了欺騙別人而說的謊言。

謊言會讓人傷心，但也有救贖人心的時候；但是大多數的場合，人都會後悔說謊。

剛太郎也是如此。

「我又不是想說謊才說的。」

剛太郎回想起自己所說的謊，一面喃喃咕噥著，一面來到據說能回到過去的咖啡店前面徘徊了三十分鐘。

能回到過去的咖啡店，從神保町車站步行只要幾分鐘，在辦公大樓林立的窄巷裡，立著一個寫著店名「纜車之行」的小看板。這家咖啡店位於地下，要是沒有看板的話，應該沒人會注意到。

剛太郎走下台階，在有著雕刻裝飾的大門前停下，嘴裡叨念了一番，微微搖頭，轉身走上階梯，半途中又滿面為難地停下腳步。就這樣走上走下，來回了好多遍。

「進去之後再煩惱如何？」

突然有個聲音這麼對他說道。

他吃了一驚轉過身，眼前是一位身材嬌小的女子，她身穿白襯衫、黑色背心、繫著侍酒師的圍裙。剛太郎立刻明白這個女子是咖啡店的店員。

「啊，哎……」

剛太郎不知怎麼回答才好。

女子從他身邊經過，俐落地走下台階。

喀啦哐噹。

她在牛鈴的殘響中，走進了店裡。

雖然建議剛太郎進去，她卻沒有強迫他，就像一陣涼爽的微風吹過一樣。然而，被留下來的剛太郎卻好像心思被看透了一般，覺得很不可思議。

剛太郎之所以在台階處上上下下，是因為無法確定這家店真的是「能回到過去的咖啡店」。從老朋友那裡聽到的傳聞要是假的，那麼特地跑到這裡來的剛太郎，就成了丟臉的客人了。

就算真的能回到過去，他也聽說有非常麻煩的規矩。據說其中之一就是——回到過去之後，無論如何努力，都無法改變現實。

據說是這樣的……

剛太郎第一次聽到這個規矩的時候，歪著頭想，就算這樣，還是有人想回到過去嗎？

然而，剛太郎現在卻因為「就算這樣也想回到過去」，而站在這家咖啡店前面。

話雖如此，剛才的女子不可能看得出來剛太郎內心的掙扎。但要是這樣的話，那她對剛太郎說的話，不是應該為：「您是本店的客人嗎？」

可是她卻說：「進去之後再煩惱如何？」

這是否也就表示——雖然可以回到過去，但要回去還是不回去，進去店裡再考慮如何？

看來意思應該是如此……

剛太郎雖然不明白女子怎麼知道，自己是為了回到過去而造訪這家店的，但心裡浮現了一線希望。

女子隨口的一句話，讓剛太郎下定了決心。

回過神來時，剛太郎的手已經伸向門把，用力拉開了咖啡店入口的大門。

喀啦哐噹。

剛太郎走進了據說能回到過去的咖啡店。

千葉剛太郎，五十一歲，高中和大學都參加橄欖球社團，身材非常健壯，現在也仍穿著3L尺寸的西裝。他和今年二十三歲的女兒遙兩人相依為命，是個父女家庭。他對遙說：「妳媽媽在妳小時候生病死了。」就這樣把她養育成人。他在東京都八王子市經營一家叫做「神谷食堂」的小快餐店，遙也在店裡幫忙。

推開兩公尺高的木製大門，進入咖啡店後，裡面還不是店面，而是一處小小的空間，正面是洗手間，右手邊中央似乎通往店內。

剛太郎走進店裡，跟坐在櫃臺座位的女人視線相交。

「阿數，客人來囉——」

她立刻對著裡面的房間喊道。

店裡還有一位小學生年紀的男孩坐在女人旁邊，最裡面的桌位則有一位穿著白色洋裝的女性。這個膚色白皙不引人注意的女性，默默地讀著小說。

「這裡的店員出去買東西，剛剛才回來。請你坐在那裡等一下喔。」

他們雖然剛剛才照面，但女人卻用非常熟稔的口氣跟剛太郎搭訕，她大概是這家咖啡店的常客吧。

剛太郎沒有違逆她的話，對她微微地點頭。

「謝謝。」

女人帶著「這家店的事什麼都可以問我喔」的態度望著他，但剛太郎假裝沒有注意到如此赤裸裸的視線，在離入口最近的桌旁坐下，環視著店內。

從地面一直延伸到天花板的巨大古董落地鐘；天花板上原木樑柱交錯，還有慢慢旋轉的木製吊扇；牆壁是黃豆色的粗糙土牆，隨著漫長時日過去，產生的朦朧污漬很有味道。這裡是地下所以沒有窗戶，天花板上懸掛的罩燈，微暗的光線把店裡染成黃褐色。

「歡迎光臨。」

剛才在店外跟他說話的女人從裡面的房間走了出來，把玻璃水杯放在剛太郎面前。

這個女人叫做時田數。半長的頭髮束在腦後，穿著白襯衫、黑背心、黑領結，繫著侍酒師的圍裙。數是這家「纜車之行」咖啡店的女服務生。

她皮膚白皙，一雙鳳眼，面容清秀，但卻沒有什麼特徵，看她一眼，然後把眼睛閉起來，就沒法想起她到底長什麼樣子。一言以蔽之，就是缺乏特色。她今年二十九歲了。

「啊，這、這裡是，那個，呃……」

剛太郎不知道要怎麼表達自己想回到過去，囁囁嚅嚅地說不清楚。

「您想回到的過去是什麼時候呢？」

數冷靜地望著剛太郎，倏地轉過身，背對著剛太郎問道。

廚房傳來虹吸式咖啡壺咕嘟咕嘟的微弱聲響。

——這個女服務生果然看穿了我的心思……

店裡瀰漫的咖啡香氣，讓剛太郎鮮明地回想起「那一天」。

神谷秀一跟剛太郎隔了七年再度相見，就是在這家咖啡店門口，他們當年在大學時是同屬橄欖球社團的隊友。

當時剛太郎因為替朋友倒閉的公司當連帶保證人而受到牽連，所有私人財產都被徵收，連住的地方都沒有，成了身無分文、無家可歸的流浪漢。他衣服骯髒，渾身散發出臭味，但秀一看見如此這般的剛太郎，非但沒有厭惡的神色，反而因為偶然的再遇而欣喜萬分。

秀一邀剛太郎進了這家咖啡店。

「那麼，你到我店裡來上班好了。」

聽說了他的境遇之後，秀一立刻說道。

秀一大學畢業後，因為球技出眾被大阪的企業招募到職業球隊，然而選手生涯不到一年，就因為受傷而告終，在那之後他進了連鎖的洋食店工作。

秀一個性非常積極向上，他將自己的困境轉化為機會，付出比別人多兩三倍的努力，當上了管理七家店鋪的地區負責人，卻在結婚之後辭掉了工作，跟太太兩個人開了一家小小的快餐店。他說現在店裡生意很好，人手不足呢。

「你要是肯來，就是幫了我大忙。」

貧困潦倒、了無生趣的剛太郎聽到秀一的話，流下了感激的淚水。

「好！我們走吧！」

他微微點頭。

「順便讓你看看我的寶貝女兒。」

秀一喀啦一聲推開椅子站起來，帶著愉快的笑容說道。

剛太郎還沒有結婚，而秀一連孩子都有了讓他略感驚訝。

「女兒？」

他睜大了眼睛回道。

「嗯，剛剛出生呢。好可愛啊！」

剛太郎的反應讓秀一很開心吧，他拿起帳單，精神煥發地走向櫃臺。

「老闆，算帳。」

站在收銀機後面的，是一個身高估計有兩公尺的瞇瞇眼高中生。

「七百六十日圓。」

「那就這樣。」

剛太郎跟秀一都是橄欖球員，體格高壯，看見比自己還高大的男人，兩人心中都暗想：這簡直就是天生要打橄欖球的體格吧。

他們互望一眼，吃吃地笑起來。

「找您零錢。」

秀一從男生手裡接過零錢，走向出口。

剛太郎在變成流浪漢之前，曾經繼承了父親每年營業額超過一億日圓的公司，過著頗為富裕的生活。

剛太郎的個性認真，但金錢會改變一個人。他也曾經有過散漫地花天酒地、覺得金錢萬能的時候。然而，他當連帶保證人的公司倒閉，牽連的債務讓他自己的公司也完蛋了。

剛太郎破產之後，當初簇擁著他的一票人就立刻散夥，連他以為是朋友的人都當面對他說，沒有錢的人毫無價值，然後便棄他而去。

然而秀一卻說，他需要失去一切的剛太郎。

救人於苦難之中，且不求回報的人很少，而神谷秀一就是這樣的男人。

剛太郎望著走出咖啡店的秀一背影，抱著「這份恩情，我總有一天會回報」的決心，跟著秀一走出去。

喀啦哐噹。

「這是二十二年前的事了。」
千葉剛太郎伸手拿起眼前的玻璃杯，潤了一下喉，呼地輕嘆了一口氣。
五十一歲的剛太郎雖然看起來還很年輕，也已經開始有了稀疏的白髮。
「在那之後，我為了趁早熟悉工作內容，跟著秀一拼命努力。但是一年後，秀一跟他太太出了車禍……」
雖然已經過了二十多年，當時的震驚應該還餘悸猶存吧。剛太郎紅了眼眶，哽咽地說不下去了。就在此時——
嘶嘶嘶——
坐在櫃臺的男孩用吸管大力地把最後的柳橙汁吸光。
「然後呢？」
數沒有停下手上的工作，好像閒聊般隨口問道。

不管是多麼嚴肅的話題，她的態度都不會改變。這就是數的風格，也是她跟別人保持的距離感。

「秀一留下來的女兒，就由我撫養長大了。」

剛太郎低著頭，彷彿自言自語般說道，然後他慢慢站了起來。

「拜託了，請讓我回到那一天。回到二十二年前的那一天吧。」

他說著彎下龐大的身軀，深深地行禮。

這裡是十幾年前，因為都市傳說「能回到過去」而聲名大噪的咖啡店——纜車之行。

提到都市傳說，多半都是穿鑿附會的流言，但據說這家咖啡店真的能回到過去。

跟分手的戀人見面的美女；姊姊去見因車禍身亡的妹妹；跟失去記憶之前的丈夫見面的妻子等等的故事，現在仍舊口耳相傳。

只不過，要回到過去，必須遵守非常囉唆、非常麻煩的規矩。

首先，第一個規矩。就算回到過去，也無法見到沒有來過這家咖啡店的人。想見的人沒有來過這家咖啡店的話，雖然仍舊可以回到過去，但也見不到那個人。也就是說，就算全國各地的人都到這裡來，絕大部分的人也只是白跑一趟。

第二個規矩。回到過去無論如何努力，也不能改變現實。聽說這家咖啡店的傳聞而造訪的客人，在知道這個規矩後，大多都失望而歸。因為「想回到過去」的客人，目的幾乎都是想要改變過去的言行。聽到現實無法改變，就幾乎沒有人想回到過去。

第三個規矩。能回到過去的座位只有一個，那個位子上有人，只有在那個人離席去洗手間的時候，才能坐下。這位客人一天只會去一次洗手間，而且沒人知道她什麼時候會去。

第四個規矩。就算回到過去，也無法離開座位行動。如果站起來想離開座位的話，就會被強行拉回現實。所以就算回到過去，也不能離開這家咖啡店。

第五個規矩。要回到過去，時間僅限於咖啡注入杯子，到咖啡冷卻為止。而且咖啡不是誰倒都可以的。現在這家咖啡店能倒回到過去的咖啡，只有時田數一人。

雖然有這麼多麻煩的規矩，還是有客人聽到傳聞，專程跑過來說：「我想回到過去。」

剛太郎也是其中之一。

「回到過去，您打算做什麼呢？」

剛太郎剛進店裡時，叫他坐下的女人這麼問道。

這個年紀四十出頭的女人名叫木嶋京子，是個專業主婦，也是這家咖啡店的常客。今天她剛好在場，但看見想回到過去的客人似乎是第一次，她望著剛太郎的視線充滿了毫不掩飾的好奇心。

「不好意思，您今年貴庚？」

「我五十一歲。」

剛太郎回道。

他可能誤以為人家是在責備他：「都一大把年紀了，還說什麼想回到過去。」他盯著自己放在桌上的手背，低著頭動也不動。

「……對不起。但是，我想對方會大吃一驚喔？人家可能搞不清楚怎麼回事。那個，他叫什麼名字？秀一先生吧？你老了二十歲，突然出現的話……」

剛太郎沒有抬頭。

「喏？妳也這麼覺得吧？」

京子慌忙地跟櫃臺後的數求援。

「是吧。」

數雖然這麼說，但似乎不是同意京子的意思。

「媽媽，咖啡要冷了喔？」

柳橙汁的杯子空了，沒事可做的少年咕噥道。

少年名叫木嶋陽介，是京子的兒子，今年春天上了小學四年級。柔順的頭髮中等長度，健康的日曬膚色，身上穿的隊服印著「MEITOKU FC」及背後編號「9」，是個足球少年

陽介說的是放在京子旁邊紙袋裡的外帶咖啡。

「沒關係、沒關係，阿嬤怕燙。」

京子這麼回答。

「再等一下下就好，嗯？」

然後湊到陽介耳邊，輕聲說道。她一面期待著陽介會回答，一面又瞥向剛太郎的方向。

剛太郎重新打起精神，把頭抬起來。

「他確實可能會吃驚。」

他喃喃道。

「是吧？」

聽到剛太郎的回答，京子得意地回道。

數一面聽著兩人應答，一面給了陽介一杯新的柳橙汁。陽介面無表情地低頭道謝。

「要是真的……真的能回到過去的話，我有件事一定要跟秀一說。」

發問的雖然是京子，但剛太郎的回答卻是對著數說。

數聽到他的話，不動聲色地從櫃臺後面走出來，站在剛太郎面前。

時不時就會有像剛太郎這樣，聽說能回到過去而造訪這家咖啡店的客人，不過無論是什麼人，數的對應都不會改變。

「您知道規矩嗎？」

數簡潔地問道。造訪這家咖啡店的客人，也有完全不知道規矩的。

「多少知道一點……」

剛太郎囁嚅地說道。

「多少知道？」

京子驚訝地叫出聲來。這家店裡只有京子一個人顯得十分激動。

數瞥了京子一眼，並沒有特別說什麼，但那應該是針對京子疑問的反應。

數靜靜地把視線轉向剛太郎。

「只要坐在某個位子上，讓人替你泡咖啡，就能回到過去……我是這麼聽說的。」

剛太郎好像很抱歉似地咕噥道。可能是因為緊張覺得口渴吧，他朝眼前的水杯伸出手。

「我就隨便問問，這是聽誰說的？」

京子追問剛太郎。

「我是聽秀一說的。」

「是秀一先生說的嗎……咦？那就是二十二年前聽說的囉？」

「對。第一次來這家咖啡店的時候，秀一跟我說的。他好像本來就知道這家店的傳聞。」

「原來如此。」

「所以就算我變老了出現在秀一面前，他雖然會吃驚，但是我想他應該可以接受的。」

剛太郎現在才算是回答了之前京子的問題。

「怎麼辦呢，阿數？」

「回到過去不管做什麼，現實都不會改變喔？」

然而，數只冷靜地如此提醒。

數的言下之意就是——你無法改變朋友去世的事實。

在此之前，這家店有許多客人都是抱著「回到過去，防止某人死亡」的目的前來的。數每次都會特別說明這個規矩。

當然，數並非不瞭解失去重要的人的悲痛，然而既然這是規矩，不管是什麼人，不管有什麼理由，都一定要遵守。

剛太郎聽到數的話，並沒有困惑不安的樣子。

「我明白。」

他只以小得幾乎聽不到的聲音說。

喀啦哐噹。

☕

咖啡店的門鈴響起，一個少女從入口走進來。看見那個少女，數並沒有說歡迎光臨。

「回來了啊。」她說。

少女叫做時田美紀，是這家咖啡店老闆時田流的女兒。

美紀志得意滿地背著鮮紅的書包。

「小女返家了。」

她以響徹店內的聲音說出奇妙的回答。

「哎喲，小美紀，這新書包是哪兒來的啊？」

發問的是京子。

「她買給我的。」

美紀滿面笑容，用手指著數說道。

「那真是太好了——」

京子說著望向數。

「但是，開學典禮是明天吧？」

她小聲地說道。

話雖如此，她並不是在責備美紀的行為，也不是嘲笑她。得到了新書包而高興得等不及開學，就背著出去到處走動的美紀，讓人覺得太可愛了。

「是啊。」

數這麼回答，嘴角也微微上揚，露出微笑。

「絹代阿嬤精神好嗎？」

美紀的音量沒有改變，繼續大聲地說。

「很好喔。今天我也替她來外帶小美紀爸爸做的三明治跟咖啡。」

京子拿起放在旁邊的紙袋說道。

坐在隔壁的陽介仍舊背對著美紀，用吸管嘶嘶嘶地吸著第二杯柳橙汁。

「絹代阿嬤不會膩嗎？每天每天，都吃爸爸的三明治啊？」

「阿嬤最喜歡美紀爸爸做的三明治跟咖啡了。」

「我覺得爸爸的三明治沒那麼好吃吔。」

美紀仍舊大聲地說話，應該連在廚房裡的人都聽得見吧。

「喂喂，說誰的三明治不好吃啊？」

身高將近兩公尺的時田流彎著高大的身軀走出來。

流是這家咖啡店的老闆、美紀的父親。

美紀的母親叫做計，天生心臟很弱，六年前生下美紀之後，就撒手人寰了。

美紀根本不在乎流的抗議。

「啊，那麼，小女這就告退啦。」

她再度打了奇妙的招呼，對京子點點頭，然後小跑步消失在裡面的房間。

「小女？」

她是從哪裡學來這種說法的？京子帶著疑問的眼神望向流。

「誰曉得呢？」

流只輕輕搔著腦袋，含糊不明地回答。

陽介在一旁看著京子和流一來一往，用手指戳了戳京子的上臂。

「差不多該走了啦。」

他有點不耐煩地說道。

「好──啦，好──啦！」

連京子也覺得有點不妙了，她急忙從櫃臺座位上下來。

「好，那小女也告退了。」

她學美紀這麼說道，接著讓陽介拿著紙袋，連帳單也不看，就把三明治、咖啡跟陽介飲料的費用放在櫃臺上，當然也有把數端來的第二杯柳橙汁一併算進去。

「續杯不用算錢的。」

數如此說道。把一杯柳橙汁的錢留在櫃臺上，喀喳喀喳地大聲打著收銀機。

「這樣不行啦。」

「是我主動幫他續杯的。」

京子沒有打算收下櫃臺上的錢，但數已經把該收的費用放進收銀機裡，將收據遞給京子。

「這、這樣啊？」

京子稍微躊躇了一下，她知道數絕對不會收下多餘的錢。

「那就，不好意思啦！」

她說著把櫃臺上的柳橙汁費用收起來。

「謝謝。」

接著她把錢放進錢包裡。

「請跟絹代老師問好。」

數說著殷勤地對京子低下頭。

數從七歲開始，就到絹代開的繪畫教室上課，推薦數去考美術大學的也是絹代。美術大學畢業後，數在絹代的繪畫教室打工當講師。當絹代住院之後，現在所有的課都是數在教。

「阿數，雖然妳兩邊跑一定很辛苦，但本週的繪畫教室也拜託妳了。」

「沒問題。」

數如此回答。

「謝謝招待。」

陽介對櫃臺後的數和流點頭道謝，先行走出了咖啡店。

喀啦哐噹。

「那我走了。」

京子也向兩人揮揮手，跟著陽介離開。

喀啦哐噹。

熱鬧的店裡突然安靜下來。

這家咖啡店並不播放音樂，因此要是沒有人說話，就安靜得連白衣女子翻頁的聲音都聽得見。

「絹代女士怎麼樣了？」

擦拭玻璃杯的流好像自言自語般地問道，但數只低著頭，沒有回答他的問題。

「這樣啊。」

流小聲地說，便轉身走進了裡面的房間。

店裡只剩下剛太郎、數、以及穿著白色洋裝的女子。

「如果可以的話，能說說您的故事嗎？」

數一如既往地在櫃臺內做事，一面問道。

數想問的是，剛太郎想回到過去的理由。

剛太郎瞥了數一眼，立刻調轉視線，靜靜地深呼吸。

「……其實，」

剛太郎可能是故意不提想回到過去的理由也未可知，第三者京子在場，可能是他不想說的原因之一吧。

然而，現在除了白衣女子之外，就沒有別人在了。
剛太郎吞吞吐吐地開始回答數的問題。
「我女兒要結婚了。」
「結婚？」
「嗯，正確說來，是秀一的女兒。」
剛太郎低聲說道。
「既然如此，我想讓女兒知道真正的父親是誰……」
剛太郎說著從西裝外套內側的口袋裡，取出卡片式的數位相機。
「要是能錄下秀一對她說的話就好了……」
剛太郎不知怎地露出寂寥的表情，聲音越來越小。
「然後呢？」
數凝視著剛太郎繼續問道。
數問的意思是，他告訴女兒親生父親另有其人之後呢？

剛太郎覺得好像有人一把揪住了他的心臟
——**這位女服務生，應該看破了謊言也說不定。**
剛太郎似乎早已準備好答案。
「然後，我的使命就結束了而已。」
他望向空中，靜靜地回答。

☕

剛太郎跟秀一在大學都是橄欖球隊的隊員，他們從小學參加橄欖球學院時就認識了。兩人雖然分屬不同的球隊，但兩隊不時會比賽。話雖如此，當時他們還是小學生，不會特別意識到彼此的存在。中學跟高中兩人分別上了不同的學校，也都繼續打橄欖球，比賽時開始會在球場上對戰，這才開始漸漸注意到對方。
在那之後兩人進入了同一所大學，在同一個橄欖球隊裡打球，剛太郎打的位置是殿衛（Fullback），秀一則是傳接鋒（Standoff）*2。

外側前衛背號10號，是橄欖球的明星位置。以棒球來說，就是4號打擊手或投手；以足球來說就是王牌前鋒。

秀一打外側前衛非常出色，當時他有個外號叫做「千里眼秀一」，比賽時常常有奇蹟似的表現，大家都議論紛紛：「難道他能看得見未來嗎？」

橄欖球一隊有十五個人，就有十五個不同的位置。而秀一對其他隊員的性格、長處和短處都很清楚，知道讓誰打那個位置，最能夠發揮那人的長處。

正因如此，秀一在大學的橄欖球隊裡受到學長們徹底的信賴，進球隊沒多久就被寄予未來主將的厚望。

另一方面，剛太郎從小學時起，就輾轉打過各種不同的位置。他的個性是只要有人拜託就無法拒絕，所以常常被派去替補缺人的位置。

讓剛太郎固定打殿衛位置的人，就是秀一。

殿衛被稱為最後的防禦，在橄欖球裡是重要的位置。殿衛必須確實擒抱

（Tackle）阻擋突破隊友防禦線的敵隊選手，阻止對方觸地得分（Try）。

秀一之所以推薦剛太郎打殿衛，就是因為他的擒抱技術高超。秀一在高中跟剛太郎比賽的時候，從來沒有突破過他的防線。他出神入化的擒抱技術，在同一隊裡絕對讓人安心。

秀一果敢的進攻，是因為知道背後有剛太郎銅牆鐵壁的防守。

「有你做後盾，我就安心了。」

這是秀一在比賽前的口頭禪。

大學畢業七年之後，兩人在這家咖啡店前再度見面。

離開咖啡店之後，他們去了秀一住的公寓。秀一的太太洋子，抱著剛出生的女兒小遙，出來迎接他們。

＊注2：亞洲橄欖球運動不發達，疑似沒有正式譯名；大陸、香港和台灣的位置譯名都不同，此處採香港用法，因香港是橄欖球運動盛行的英國屬地。

秀一可能事先聯絡了洋子吧，她已經替剛太郎準備好了洗澡水。

「您是打殿衛的剛太郎先生吧？我先生常常提起您呢。」

洋子對著散發異味的剛太郎說道，她友善地歡迎他。

出身大阪的洋子喜歡照顧別人，跟秀一不相上下，除了睡覺之外，不停地說話是理所當然的，而且喜歡說笑話逗人開心。她腦筋靈活，行動力也很強，第二天她就替剛太郎找好了住處跟換洗的衣服等生活必需用品。

公司倒閉後對人失去信心的剛太郎，在秀一的店裡幫忙了兩個月，就完全恢復了原本開朗的性格。

「這是我先生大學時代橄欖球隊裡最信任的隊友。」

快餐店只要有常客來，洋子就會如此對客人介紹剛太郎。

「我正努力成為這家店也能信賴的幫手。」

剛太郎聽到總是非常不好意思，但仍然很高興地如此回道。

他再度對未來充滿了希望。

他以為一切都非常順利。

然而某天下午，洋子說頭痛得厲害，秀一就帶她去看病，但店不能不營業，於是就讓剛太郎留在店裡照顧小遙。

那一天，櫻花在萬里無雲的藍天下，如雪花般無聲地飄落。

「小遙就拜託你了。」

秀一在門口回頭這麼說道。

這是剛太郎最後一次見到秀一。

秀一跟洋子的親人都已經不在人世，一歲的小遙頓時成了舉目無親的孤兒。

在秀一夫妻的葬禮上，剛太郎看見不知道爸媽已經離世的小遙滿臉笑容，便決心要獨自將她撫養長大。

咚——、咚——、咚……

落地鐘敲了八下。

剛太郎被鐘聲嚇了一跳，驚訝地抬起頭來，他覺得眼瞼沈重，視線模糊不清。

「這裡是……」

他環視四周，望著罩燈下昏黃的店內，天花板上緩緩轉動的吊扇、深咖啡色的樑柱，以及一眼望去就知道是古董的三座巨大落地鐘。

剛太郎花了一會兒時間才發覺自己剛剛睡著了，店裡只剩下穿著白色洋裝的女人。

他一面用雙手啪啪地拍打面頰，一面回想。

「能回到過去的座位，不知道什麼時候會空出來。」

數如此告訴他後，他便發了一會兒呆，估計就這樣睡著了。

一面下了回到過去的重大決心，一面就這樣睡著了，他自己也很驚訝。而女服務生就這樣放著剛太郎不管，令人不感到疑惑也難。

「不好意思。」

剛太郎站了起來，對著裡面的房間喊道，但是沒有人回答。

他望向其中一座落地鐘想確認時間，但立刻又看回自己的手錶。

進入這家咖啡店，首先讓人感到不可思議的，就是店裡巨大的老爺落地鐘。雖然有三座，但每一座的時間都不一樣。據說旁邊兩座壞掉了，一座比較慢，一座比較快，不管怎麼修都修不好。

「八點十二分……」

剛太郎望向穿著白色洋裝的女子。

秀一跟他講起關於這家咖啡店的事，有一點剛太郎記得非常清楚。

——**能回到過去的位子上坐著幽靈**。

這聽起來實在很扯，也令人難以置信，但正因如此，才記憶深刻。

女子完全不介意剛太郎的視線，一臉平靜地繼續看著小說。

——……嗯？

剛太郎望著女子的面孔，突然有種似曾相識的奇妙感覺，但這個女人如果真的是幽靈的話，他應該不可能見過她。

他輕輕搖了搖頭，像是要甩掉這個記憶。

啪噠——

洋裝女子突然闔上小說，那個聲音在安靜的店中迴盪。

女子出乎意料的舉動，讓剛太郎的心臟彷彿要從嘴裡跳出來一樣，他驚訝地差點從櫃臺座位上跌下來。

對手要是人類的話，也就不必這麼驚訝了；但聽說她是幽靈，他雖然不相信那是真的，也並沒有擺脫「幽靈＝陰森可怕」的印象。

「…………」

剛太郎感覺冷汗沿著背脊流下，愣在當場動彈不得。

洋裝女子完全無視剛太郎的反應，無聲地站起來，輕盈地離開座位，珍惜地緊抱著手中的小說不放，開始朝店門口方向走去。

剛太郎感到心臟在胸口怦怦地跳動，他的視線追著洋裝女子不放。

洋裝女子在店門口前右轉，然後身影消失了。那應該是通往洗手間的方向沒錯。

——既然是幽靈，還要上廁所？

剛太郎搔著腦袋，望向洋裝女子的座位。

能回到過去的座位，現在空出來了。

剛太郎深恐剛剛去上洗手間的洋裝女子，會突然變身成妖怪回來，他一面提心吊膽地戒備，一面慢慢走向那個位子。但不管怎麼看，那裡也只是一張非常普通的椅子。

椅子是貓腳狀，有著古董特有的優美曲線，椅墊和椅背都繃著淺苔綠的布墊。連對古董一無所知的剛太郎也知道，這張椅子價值不菲。

——只要坐在這個位子上……

當剛太郎戒慎恐懼地把手放在椅背上時，便聽見裡面的房間傳來啪啦啪啦的拖鞋聲。

剛太郎轉過身，望向房間的方向，看見穿著睡衣的少女站在入口處，要是沒記錯的話，這個女孩子是咖啡店老闆的女兒，叫做美紀。

美紀用骨碌碌的大眼睛直勾勾地盯著剛太郎，面對陌生的大人，她沒有半點警戒心。美紀直率的眼神，反而讓剛太郎覺得有點畏縮。

「……妳、妳好啊。」

剛太郎收回放在椅背上的手，有點慌亂地對美紀打招呼。

美紀邁著小快步走到剛太郎面前。

「大叔想回到過去嗎？」

她用大大的眼睛瞅著剛太郎的臉。

「啊，哎……」

剛太郎手足無措，不知該怎麼回答才好。

「為什麼？」

美紀完全不顧剛太郎的困惑，歪著頭問道。

剛太郎擔心洋裝女子會不會在他跟美紀說話的當口就回來了。

「妳能幫我去叫店裡的人來嗎？」

他慌忙對著美紀要求道。

但是美紀仍舊不理會剛太郎說的話，一下子走過剛太郎身邊，站在洋裝女子的座位前面。

「要小姐去洗手間了啊。」

美紀將視線從空位移到剛太郎身上說。

「要小姐？」

「…………」

美紀默默地望向咖啡店的入口，剛太郎順著她的視線望去，剛才洋裝女子就在那裡走向洗手間。

「啊，那個人是要小姐嗎？」

剛太郎話聲未落，美紀就拉住他的手。

「坐下。」

她敦促道，然後迅速地收拾了洋裝女子用的咖啡杯，穿著拖鞋啪啦啪啦走進廚房去。

剛太郎連抗拒的時間都沒有，他茫然地望著廚房的方向，突然靈光一現。

——難道那個孩子能讓我回到過去嗎？

他緊張地移動到桌位和椅子之間，坐了下來。

他完全不明白要回到過去該怎麼做，但光是坐在能回到過去的椅子上，就感覺心跳加速。

不一會兒，美紀雙手拿著一個放著銀咖啡壺和純白咖啡杯的托盤，咔喳咔喳地走回來，在剛太郎的旁邊停下。

「小女來替你倒咖啡。」

她搖搖晃晃地捧著托盤說道。

——沒、沒問題嗎？

剛太郎差一點就脫口而出，他忍著沒說出來。

「啊，喔。」

他只滿面不安地如此回道。

美紀根本顧慮不到不安的剛太郎，她骨碌碌的大眼睛緊緊盯著托盤上的咖啡杯。

「要回到過去的話……」

美紀正要繼續說下去，穿著T恤的流從裡面的房間走了出來。

「妳在幹什麼？」

流嘆了一口氣咕噥道，與其說在生氣，不如說是無奈。

「小女，要替這個人倒咖啡。」

「妳還不行啦。還有，不要再說什麼小女了。」

「小女要倒。」

「不行。」

小美紀搖搖晃晃地端著托盤，鼓起雙頰，抬頭望著高大的流。流把一條線般的瞇瞇眼瞇得更細，兩邊嘴角往下撇，低頭看著美紀。

兩邊都頑強地不肯讓步，誰先開口誰就輸了。氣氛感覺起來是這樣。

不知何時數也出來了，她慢慢地從流身後走過來，在美紀前面蹲下。

「小女……」

數蹲下來從同等的高度望著美紀，美紀充滿怒氣的大眼睛慢慢浮現出淚光。就在這一瞬間，她輸了。

數微笑地望著美紀。

「總有一天的！」

她只這麼說道，然後靜靜地接過美紀手上的托盤。

美紀用淚汪汪的大眼睛看著流。

「嗯。」

流也只這麼回應，他溫柔地對美紀伸出手，臉上不悅的表情已經消失了。

「遵命。」

美紀說著乖乖地握住流的手，站在他身邊，剛才不高興的樣子一瞬間消失無蹤。

她雖然會鬧脾氣，但卻不會一直悶悶不樂，心情一下子就變好了。

——跟她媽媽一模一樣啊！

流望著美紀心想著，不禁苦笑起來。

剛太郎從數對美紀的態度，了解到這女服務生並不是這孩子的母親，同時也對流不知該怎麼應付這個年紀的女孩的困惑感同身受，因為剛太郎也是一個大男人自己把女兒遙養育成人的。

「我先跟您確認一下規矩。」

剛太郎坐在能回到過去的座位上，數站在他旁邊如此說道。

店裡仍舊非常安靜。

二十二年前，剛太郎聽秀一說過回到過去的規矩，但現在已經記不清楚了。他只記得可以回到過去，但回到過去現實不會改變，然後就是回到過去的位子上坐著幽靈。如此而已。

剛太郎心中仍舊感到不安，但他感激地傾聽數的說明。

「首先，就算回到過去，也無法見到沒有來過這家咖啡店的人。」

聽到這個規矩，剛太郎並不感到驚訝。二十二年前，是秀一邀請他到這裡來的，所以他確實來過這家咖啡店。

剛太郎並沒有露出困惑的神色。

數簡潔地繼續說明——回到過去無論如何努力，也不能改變現實；要回到過去，必須坐在剛太郎目前的座位上，且不能離開這個位子，要是離開的話，就會被迫回到現實。

剛太郎只有在聽說不能離開座位的時候問了一句：「是這樣嗎？」其他的，大概都是他心裡有底的內容。

「我知道了。」

他面不改色地回答。

「我重新去泡咖啡，請稍等。」

數說明完畢之後，接著就走回廚房裡面。

「不好意思，那位小姐不是尊夫人吧？」

剛太郎對站在面前的流問道。

他並不是真的非常想知道，只是覺得該找點話題來聊聊。

「不，那是我堂妹。」

流回道，瞥了美紀一眼。

「這傢伙的母親，在生產的時候……」

流沒把話說完並不是因為感傷，而是覺得不用再說下去，剛太郎應該也會明白。

「這樣啊……」

剛太郎果然馬上應道，沒有繼續追問。

——**這孩子一定像母親吧！**

他輪流望著流跟線一樣細的眼睛和美紀骨碌碌的大眼，心裡一面想著，一面等數回來。

過了一會兒，數從廚房裡走出來，她跟進廚房的時候一樣，手裡端著放著銀咖啡壺跟純白咖啡杯的托盤。

店裡漂浮著數剛泡好的咖啡香氣，撲鼻的咖啡香沁人心脾。

數在剛太郎的座位旁站定，繼續剛才的說明。

「接下來，由我為您倒咖啡。」

數說著，便將純白的咖啡杯放在剛太郎面前。

「好。」

剛太郎望著咖啡杯，沒有一點瑕疵，通透純白的杯子吸引了他的視線。

「回到過去的時間，只從我將咖啡倒進你的杯子後開始，到這杯咖啡冷卻為止。」

數繼續說道。

「嗯。」

這個規矩剛太郎也從秀一那裡聽說過了，就算被告知回到過去只有到咖啡冷掉之前這麼短的時間，他也沒有露出驚訝的樣子。

「因此，請在咖啡冷掉之前全部喝完。要是沒有喝完的話……」

數微微點頭，繼續說。

在這之後，通常她要講的是：「就會變成幽靈一直坐在這個位子上。」然而，這個規矩對回到過去的人來說，風險非常大。跟未必能見到想見的人，以及不能改變過去的規矩相較之下，變成幽靈的風險高得多。

話雖如此，表達方式不對的話，聽起來就像是在說笑。

數為了讓這句話聽起來更具真實性，會稍微停頓了一下。就在這個時候——

「會變成一反木綿*3，對吧？」

剛太郎突然說出了料想不到的話。

「哎？」

流不由得發出訝異的聲音。

「一反木綿呀。」

但剛太郎毫不遲疑地又說了同樣的話。

「我聽秀一說到這個規矩時，覺得實在太不像話了……啊，不好意思，我失禮了……總覺得太難以置信，所以記得很清楚。」

流從過去的經驗得知，不遵守這條規矩的話，受到最大傷害的並不是變成幽靈的當事者，而是被留下來的人。

以剛太郎來說，他的女兒小遙不知道會有多震驚與傷心。

但是不知怎地，剛太郎從秀一那裡聽說「會變成一反木綿」的這條規矩，非但沒有緊張感，反而讓人覺得滑稽好笑。

「哎，啊，不是……」

剛太郎的眼神是認真的，讓流沒辦法簡單地回答：「並非如此。」但也不知該說什麼。

「就是這樣。」

數則不動聲色，簡潔地說明。

「咦？」

聽到這個回答，吃驚的是流，他那跟線一樣細的眼睛睜得大大的，連嘴也合不攏。

他身邊的美紀並不知道「一反木綿」是什麼意思吧？但她抬起骨碌碌的大眼睛望著流。

＊注3：一反木綿，日本鹿兒島傳說中的妖怪，體型像是一塊白布。

數不理會流的動搖，只繼續說明規矩。

「請不要忘記。要是咖啡冷掉了還沒喝完，您就會變成一反木綿，一直坐在這個位子上。」

數就這樣直接使用一反木綿這個詞來說明，但也可能是因為她覺得詳細解釋太麻煩了。

換句話說，不管是幽靈還是一反木綿，意思都是一樣的。

「那剛剛坐在這裡的那位也是嗎？」

——回到過去而沒有回來嗎？

這是剛太郎聽了數的說明，想要問的問題。

「……嗯。」

數停頓了一會兒，只這樣回答他。

「她為什麼沒有把咖啡喝完呢？」

剛太郎可能只是單純好奇想知道而已，然而，這句話卻讓數的臉像戴上能劇面具般，變得毫無表情。

——我是不是問了不該問的事啊？

剛太郎心想。

但數的面無表情在一瞬間就回復了。

「她去見了過世的先生，不知不覺就忘了時間，回過神來的時候，咖啡已經冷了……」

接下來不用說也明白，數沒有繼續說下去。

「這樣啊。」

剛太郎帶著略微同情的神色說著，一面望向剛剛洋裝女子走進去的入口處。

剛太郎沒有繼續發問。

「這樣可以嗎？」

數問道。

「拜託妳了。」

剛太郎輕輕吐出一口氣回道。

數伸手拿起托盤上的銀咖啡壺。那個閃閃發光的銀壺，連不懂餐具的剛太郎都知道是價值不菲的東西。

「那就……」

接著聽到數說道。

只有兩個字，卻讓剛太郎切身感受到數的氛圍明顯改變了。

店裡彷彿氣溫驟降一般，空氣突然緊張了起來，周圍幾近無音的靜寂像水晶般澄澈透明。

數拿著銀咖啡壺。

「在咖啡冷掉之前……」

她輕聲說，舉著銀壺慢慢地將咖啡倒進杯子裡。她的動作彷彿像某種嚴肅的儀式般一絲不苟，有著不容侵犯的美感。

銀壺在咖啡杯上方數英寸的地方，咖啡從細細的開口像一條黑色的細線，無聲地注入咖啡杯裡。由於實在太安靜了，簡直不像是咖啡這種液體從壺中移動到杯裡。只有杯裡咖啡的表面慢慢上升，彷彿漆黑的夜晚般填滿了杯子。

剛太郎望著這一連串優美的動作，凝視著咖啡杯上裊裊升起的一縷熱氣。就在此時，一種猶如暈眩般的奇特感覺包圍了剛太郎，他的座位周圍開始搖曳晃動。

剛太郎以為自己又想睡了，伸手要揉眼睛。

「啊。」

他不由得叫出聲來，自己的雙手和身體，都像咖啡的熱氣一樣。原來搖曳晃動的並不是周圍的景象，而是剛太郎自己。

店裡的光景一口氣從上到下開始以驚人的速度流轉。

在那瞬間，剛太郎大聲叫起來。

「快、快停下！」

剛太郎本來就很怕那種尖叫類的遊樂設施，光是用看的就要昏倒了。

然而，從上到下流動的景色為了要回溯到久遠的二十二年前，速度反而越來越快，頭暈目眩。

就在要從現實回到過去的時候，剛太郎漸漸失去了意識。

秀一夫妻去世後，剛太郎一個人經營著快餐店，一面撫養小遙。

剛太郎原本就是不管什麼事都一學就會的類型，在秀一還在世的時候，店裡的工作從廚房到經營，他已經能夠一手包辦。

然而，對未婚的剛太郎來說，養育幼兒比他想像中困難太多了。

小遙雖然說已經一歲了，但正是搖搖晃晃開始學走路的時候，得一直有人盯著，視線不能稍離。小遙晚上也常哭鬧，讓剛太郎沒得好睡。本來以為送到托兒所會比較輕鬆，但小遙非常怕生，不願意去托兒所，每天都大哭特哭。

上了小學之後，小遙說要在店裡幫忙，但其實是越幫越忙；她學會的言詞剛太郎都不知道是什麼意思，要是不聽她的話，就會立刻鬧彆扭；生病發燒時剛太郎必須照顧；小孩的各種活動也都需要家長參與，像是生日宴會啦、耶誕節啦、情人節啦；放假的時候就要帶她去遊樂園，這個也想要，那個也想要。剛太郎簡直傷透了腦筋。

中學時小遙進入了反抗期，高中的時候還順手牽羊，被抓到警察局過。青春期的小遙非常難搞，但無論發生什麼事，小遙在這個世界上無親無故，剛太郎從來都沒有放棄過養育她的決心。

三個月前，小遙把一個叫做小尾聽的男人帶回家，說是要跟小遙以結婚為前提交往。

「請把遙小姐交給我。」

來訪第三次的時候，小尾請求道。

「請便。」

剛太郎只這麼回答。

為了小遙的幸福著想，他當然沒有理由拒絕。

小遙高中畢業之後，就變得非常懂事。她進了廚師專門學校，在那裡認識了小尾。畢業後，小尾在池袋的旅館餐廳就職，小遙則繼續在店裡幫忙。

小遙的婚事敲定了之後，剛太郎開始對自己的謊言有了強烈的罪惡感。

二十二年來，剛太郎一直都說小遙是自己的女兒，就這樣把她撫養長大。為了隱瞞她沒有任何親人的事實，到現在都沒有讓她看過戶籍謄本。

但是要結婚的話就不能這樣了，結婚登記的時候，小遙就會知道自己其實舉目無親。那也將是剛太郎的謊言拆穿的時候。

剛太郎煩惱萬分，最後決定在婚禮前告訴小遙實話，而且他覺得應該要讓她的生父出席婚禮⋯⋯。

——小遙知道真相可能會很傷心，但這也是沒辦法的事⋯⋯

事到如今他已經無法改變事實，早知如此，在小遙成人之前，就應該早點告訴她的。

剛太郎真是後悔莫及。

「不好意思，客人……」

有人搖晃著剛太郎的肩膀，他睜開眼睛，看見眼前站著一個高大的男生。他穿著黑色的學生褲，長袖白襯衫的袖子捲起來，繫著深咖啡色的圍裙。

剛太郎覺得這個高大的男生很眼熟。是流，這家咖啡店的老闆，只不過年輕了許多。

剛太郎的腦中浮現出那一天的記憶。

這個年輕的流老闆，二十二年前確實也在這裡。

天花板上慢慢旋轉的吊扇、咖啡色的樑柱、黃豆色的粗糙土牆、三座指著不同時間的落地鐘、被罩燈的光線染成黃褐色的店裡，跟二十二年後幾乎毫無分別。要不是年輕的流站在眼前，剛太郎可能根本不知道自己回到了過去。

剛太郎四下張望，心跳開始加速。

——不在。

要是回到那一天的話，應該在這裡的秀一卻不見蹤影。

這麼說來，雖然聽說了各式各樣的規矩，但沒人說過要怎麼樣才能回到「那一天」？而且回到過去，只有在咖啡冷掉之前的短短時間，就算剛太郎回去的是「那一天」，秀一在不在也很難說。搞不好他回到了兩人到這裡來之前，或是兩人已經離開之後，也未可知。

「秀一！」

剛太郎叫出聲來，不由自主地想起身。流伸出大手，按住他的肩膀。

「在洗手間。」

他輕聲說道。

剛太郎雖然已經五十一歲，但仍舊高大健壯。

流簡直像是摸小孩的頭一樣，把手輕輕地放在剛太郎的肩膀上。

「您想見的人，現在在洗手間，應該很快就會回來了，不要離開座位等他比較好。」

聽他這麼說，剛太郎才稍微冷靜了一點。

規矩說，要是離開座位，就會強行回到現實。

要是流不在的話，剛太郎現在可能就已經回到現實了。

「謝、謝謝。」

「嗯。」

流用若無其事的口氣回答剛太郎，接著走回櫃臺後面，把雙手交抱在胸前。他的站姿與其說是侍者，不如說是城門守衛比較恰當。

店裡沒有其他人，不對，有人。二十二年前，剛太郎跟秀一進入這家咖啡店的時候，入口附近的桌位有兩個人，櫃臺的位子上則有一個人。

而現在剛太郎所坐的能回到過去的位置，當時則坐著一位穿著燕尾服，留著高雅小鬍子的老紳士。那位老紳士的樣子不禁讓人覺得，是不是從大正*4時期穿越過來的啊？

他那充滿了復古氛圍的樣貌，讓剛太郎印象非常深刻。

但是除了老紳士之外的三個客人，可能是無法忍耐剛太郎污穢的外表和散發的惡臭，很快就離開了。

他想起來了。他們談話的時候，秀一的確去過洗手間。他們一進店裡，秀一就很興奮地告訴他這家咖啡店能回到過去，非常不可思議，然後又問了剛太郎的經歷和現況，之後去了洗手間。

剛太郎用手擦拭額頭上的汗珠，深呼吸了一下。

就在此時，有一個小學生年紀的女孩子，從咖啡店裡面的房間背著全新的書包走了出來。

「媽媽，快點啦——」

女孩子踮著腳蹦蹦跳跳，精神飽滿地對著裡面的房間喊道。

「真不錯啊。」

年輕的流雙手交抱在胸前，望著在店中央轉圈圈的女孩說。

「嗯。」

女孩高興地笑起來，跑到店外去了。

喀啦哐噹。

剛太郎也依稀記得這件事。當時他並沒有特別留意，但他記得在這之後，疑似是女孩母親的人，應該立刻就會從裡面走出來。

他望向裡面的房間。

＊注4：大正，日本年號，一九一二～一九二六。

「等一下啊。」

一個膚色通透白皙，有著漂亮黑髮的女人出現了。她的年紀應該不到三十歲，穿著淡紅色的春裝上衣和米色長裙。

「這孩子真是的，開學日是明天啊。真讓人傷腦筋……」

她輕聲抱怨，嘆了一口氣，但她似乎並沒有特別不高興，反而看起來很愉快。

當剛太郎看見這個女人的面孔時，吃了一驚。

——咦？這個女人很面熟。

她跟在回到過去之前，一直在這個位子上看小說的白衣女子十分相似。但也可能完全是其他人，只是長得有點像而已。

人的記憶是很曖昧的，分明是剛剛才見過的人，剛太郎的腦子裡卻一團混亂。

「真的沒問題嗎？」

年輕的流放下雙手反問女人，把線一樣細的眼睛瞇得更細了，從他的腔調聽得出他很擔心。

「沒問題的。只是到附近看櫻花而已。」

女人把頭傾向一邊，笑著回答。

對話的內容聽起來像是女人的身體不好，但剛太郎看不出她有任何難受的樣子。

為了讓小孩高興，做父母的多少都會勉強一下自己。關於這點，獨自把小遙撫養長大的剛太郎非常瞭解。

「那店裡就拜託你了，阿流。」

女人對流說完，靜靜地走到門口，轉身對剛太郎微微點頭，然後走了出去。

喀啦哐噹。

女人一離開，神谷秀一就從洗手間出來了。

——啊……

在此之前，剛太郎腦子裡的思緒都是那個女人，但見到秀一的瞬間，他就把那女人的一切拋到了九霄雲外，說是他想起了原來的目的也不為過。

秀一的樣子跟剛太郎記憶中一樣年輕，另一方面，秀一看見的剛太郎，絕對老得讓他大吃一驚。

「哎？」

不久之前還在跟他說話的剛太郎，自己只是去上個洗手間回來就突然變老了。秀一滿面驚愕地望著剛太郎。

「秀一。」

剛太郎開口叫他。秀一伸出雙手。

「等一下、等一下、等一下！」

他阻止剛太郎繼續說下去，銳利的眼神盯著剛太郎，好像慢動作一樣停了下來。

——糟了。

剛太郎以為既然是秀一告訴他這家咖啡店能回到過去，這樣的話，就算自己突然變老了出現在他面前，秀一一定也能立刻掌握狀況。

他這麼認為是有根據的。

秀一從以前開始就很有洞察力，觀察、分析、判斷的能力都高人一等。剛太郎知道就是這種能力讓秀一成為一流的球員。

秀一會在比賽前調查交戰對手的性格和習慣，牢牢地記在腦中，一面玩弄對手，一面引導隊友觸地得分的本事簡直完美。

無論面對怎樣嚴峻的局面，他的分析和判斷都沒有出過差錯。

但是眼前的景象實在太不可思議，連秀一都覺得難以置信吧。

剛太郎用雙手確定咖啡杯的溫度。

「秀一，其實我……」

他想說明現在的狀況，但是杯子的溫度比想像中低。

要在咖啡冷掉之前把事情辦好，就沒時間拐彎抹角地說明了。剛太郎臉上再度浮現汗珠。

——話雖如此，我該從何說起呢？

剛太郎十分迷惘，要是全部說清楚的話，咖啡一定會冷掉；要是他不相信自己是從未來過來的話，目的就無法達成了。

——我能好好說明嗎？不，一定沒辦法的。

剛太郎知道自己很不善於解釋，要是有充分時間的話還好說，但是咖啡不知道什麼時候會冷掉，而且秀一仍用懷疑的眼神盯著剛太郎，他的視線讓剛太郎更為心焦。

「就算我要你相信我，你可能也無法置信。但是……」

總之，剛太郎決定非得說些什麼不可，只好這樣開口。

「你是從未來回來的吧？」

秀一好像跟外國人說話一樣，非常慎重地對剛太郎問道。

「對！」

剛太郎大聲回答，秀一的洞察力讓他一下子興奮起來。

秀一握著拳頭抵在額頭上，嘴裡咕噥了些什麼。

「幾年以後？」

他繼續發問。

「啥？」

「你是從幾年以後的未來來的？」

秀一雖然半信半疑，但仍盡量蒐集訊息，瞭解狀況。橄欖球比賽之前也是一樣，必要的情報他都一一蒐集。

——跟以前一模一樣。

秀一的問題剛太郎都一一回答，他知道要讓秀一理解，這樣是最快的方法。

「二十二年以後。」

「二十二年？」

秀一瞪大了眼睛。在街邊看見落魄潦倒的剛太郎時，秀一的表情都沒有這麼驚訝。

雖然告訴剛太郎這家咖啡店能回到過去的人是秀一，但他絕對沒想過會直接跟從未來來的人面對面。而且他只是去了趟洗手間，跟他同桌的剛太郎就老了二十二歲，要不吃驚也難。

「你老了吔。」

秀一說著表情和緩下來，顯然已經沒有那麼緊張了。

剛太郎有點不好意思。

「嗯。」

他回道。五十一歲的中年人，在二十九歲的年輕人面前，簡直像小孩一樣羞赧。

對剛太郎而言，這是時隔二十二年，跟拯救自己人生的恩人再度重逢。

「你看起來很不錯啊？」

秀一說著眼睛紅了。

「喂、喂……怎麼啦？」

剛太郎沒想到秀一會露出這種表情，吃了一驚，差點就要站起來。他料想到秀一看見自己老了會嚇一跳，但沒想到會是這種反應。

秀一走到剛太郎座位前，直視著剛太郎的眼睛，並在他對面坐下。

「秀一？」

剛太郎聽見眼淚滴落的聲音，惶恐地叫著秀一。

「很像樣的西裝啊……」

秀一用震顫的聲音說道。

剛太郎仍舊聽到眼淚滴落的聲音。

「……很適合你。」

出現在秀一面前的剛太郎，正是秀一打算幫助好友的未來樣貌，剛剛在路邊遇到的剛太郎身心都落魄潦倒，因此見到眼前的剛太郎，秀一打心底感到歡喜。

「二十二年啊……很辛苦吧？」

「沒這回事，轉眼就過去了……」

「這樣嗎？」

「嗯。」

秀一仍舊紅著眼睛，微微笑起來。

「都是托你的福。」

剛太郎對秀一小聲地說道。

「這樣啊。哈哈哈哈。」

秀一有點不好意思地笑起來，從外套裡拿出面紙擤了鼻涕，然而眼淚滴落在桌面上的聲音仍舊沒有消失。

「然後呢？」

秀一望著剛太郎，意思是：你來這裡做什麼呢？

這並不是要逼問他，而是秀一也知道這家咖啡店的規矩，知道兩人見面的時間是有限制的；更有甚者，他知道剛太郎不會毫無理由就來見他，與其沈浸在感傷之中，不如單刀直入地詢問。

但是剛太郎沒法立刻回答秀一的疑問。

「怎麼啦？」

秀一的口吻像是安慰哭泣的小孩般溫和。

「其實……」

剛太郎慢慢地朝咖啡杯伸出手，一面確認咖啡的溫度，一面慎重地開始說話。

「小遙要結婚了。」

「……哎？」

剛太郎的話讓秀一十分驚訝，他臉上的笑容瞬間消失了。

這也是沒辦法的事，對現在的秀一而言，遙是剛出生的嬰兒。

「什麼？什麼？怎麼回事？」

「好了，鎮定點。」

剛太郎用鎮定的口吻這麼說道。

秀一的動搖在他意料之中。他喝了一口咖啡，雖然他不清楚冷掉到底是怎樣的溫度，但至少現在喝起來還比人的體溫高得多。

——應該還沒問題。

剛太郎把咖啡杯放回碟子上，開始說著之前就想好的一番話。他盡力不露出慌亂的樣子，因為他不想讓敏銳的秀一察覺，未來秀一已經死去的事實。

「其實未來的你說，要讓二十二年前的你在小遙的婚禮上致詞。」

「我嗎？」

「算是驚喜。」

「驚喜……」

「因為未來的秀一，沒辦法來跟過去的秀一見面……」

「……所以你來了？」

「對。」

剛太郎一面暗暗佩服秀一的敏銳，一面繼續說道。

「原來如此……」

「怎樣？很有趣吧？」

「確實很有趣。」

「是吧？」

剛太郎拿出剛買的相機——二十二年前還沒有的，能錄製影片的小型相機。

「那是什麼？」

「相機。」

「這麼小啊？」

「對啊，這還可以拍影片呢。」

「可以錄影啊？」

「嗯。」

「真厲害。」

剛太郎摸索著不太會用的相機電源開關，秀一緊盯著他的臉。

「剛買的嗎？」

「啥？嗯。」

剛太郎無意間回答了秀一的問題。

「你還是跟以前一樣笨拙啊。」

秀一嚴肅地對剛太郎說。

「對不起……我應該先確認要怎麼使用才對……」

剛太郎不好意思地說著，耳根都紅了。

「我不是說相機……」

秀一靜靜地說道。

「什麼？」

「沒事。」

秀一說著伸手拿走剛太郎的相機。他知道這家咖啡店的規矩，一定正在擔心咖啡冷卻的時間。

「好了！」

秀一鼓足精神說著站起來，轉身背對剛太郎。

「一次就要成功喔！」

秀一叮囑道。

剛太郎也覺得從咖啡的溫度看來，應該沒有重錄一次的時間了。

「好，拜託你了……」

他回答。

「開始錄吧。」

剛太郎邊說著，邊按下相機錄影的按鈕。

「你從以前就很不會說謊。」

秀一這麼說道。

但剛太郎應該是沒聽見吧，並沒有任何特別的反應，只專心用相機對著秀一。

「二十二年後的小遙，恭喜妳結婚了。」

秀一說完第一句話就從剛太郎手裡拿過相機，很快往後退到剛太郎伸手不及的距離。

「喂。」

剛太郎要伸手的時候，秀一大聲阻止他。

「不要動。」

聽到秀一的聲音，剛太郎一瞬間冷汗直流，他一不小心差一點就要站起來了。

在這家咖啡店回到過去的時候，絕對不能離開座位，一旦離開，就會強制回到現實。規矩是這樣的。

「你要幹什麼？」

剛太郎問秀一。

他的聲音在店內迴盪，但幸好客人只有剛太郎跟秀一兩人，然後就是櫃臺後方的流。而且流似乎對剛太郎和秀一的對話毫不關心，只雙手抱胸站著不動。

秀一呼地吐出一口大氣，把相機對著自己，開始說話。

「小遙，恭喜妳結婚了。」

剛太郎不知道秀一為什麼要把相機拿走，但看見他開始錄製給小遙的信息，算是鬆了一口氣。

「……妳出生的那天，櫻花盛開呢……。第一次抱著渾身通紅、小小的妳，那個感覺我到現在還記得很清楚喔。」

——秀一願意錄製影片真是太好了。

剛太郎準備秀一一錄完就回到現實，他握住咖啡杯。

「我只要能看見妳的笑臉，就覺得很幸福。看見妳睡覺的樣子，就覺得自己必須努力。妳出生的時候，我覺得這世界上沒人比我更開心了。在這個世界上，我是最重視妳的人，為了妳，我願意做任何事……」

計畫進行得很順利，接下來只要把相機拿回來，回到現實就好了。

本來應該只是這樣的……

「我會一直……」

說到這裡，秀一的聲音突然變成了嗚咽。

「……一直祈禱妳幸福。」

滴答、滴答。

「秀一？」

「已經夠了……」

「咦？」

「不用再說謊了，剛太郎……」

「說謊？什麼？」

秀一仰頭望著天花板，用力吐出一口氣，他的眼眶比剛才更紅了。

「秀一？」

秀一咬住自己的手背，彷彿是要用疼痛壓抑情感一般。

「秀一！」

「我……」

啪答、啪答。

「小遙的婚禮……」

啪答啪答啪答。

「……我沒法出席吧？」

秀一咬牙切齒地吐出一字一句。

「你、你說什麼呢？這是你想出來的主意……」

剛太郎拼命設法解釋，但秀一止住了他。

「這種，謊話，誰會相信啊？」

秀一反駁。

「不是謊話！」

秀一聽到他這麼說，用通紅的眼睛凝視著剛太郎。

「……既然不是，那你為什麼一直在哭？」

他用幾乎聽不到的聲音說。

「咦？」

啪答啪答啪答啪答……

剛太郎心想不會吧，但正如秀一所說，他的眼睛不停地溢出大顆的淚珠。剛太郎慌忙拭去淚水，但淚珠卻不斷從剛太郎的眼中湧出，滴落在桌子上，發出啪答啪答的聲響。

「咦，哎？什、什麼時候開始的？」

「你沒發現？從一開始……」

「一開始？」

「嗯，我從洗手間回來的時候，你就一直在哭啊……」

剛太郎終於發現眼前的桌面上積了一灘淚水。

「這、這是……」

「而且……」

「？」

「你一直叫她小遙吧？」
「！」
「你自己可能沒注意到，但這一定是因為你代替我，把小遙當自己女兒撫養成人了……沒錯吧？」
「秀一……」
「這就是說……」
「不是的……」
「老實回答我。」
「……」
「我是不是……」
「等、等一下。」
「……死了？」

啪答啪答、啪答啪答啪答……

剛太郎沒有回答，只不過眼中湧出比剛才更大顆的淚珠。

「……這樣啊。」

秀一喃喃道。

剛太郎像小孩一樣使勁地搖頭，但局面已經無法挽回了。

眼淚不聽剛太郎使喚，肆意奔流。他的肩膀劇烈震動，極力忍住嗚咽，不想讓秀一看見他的眼淚，緊咬住嘴唇，低下了頭。

秀一搖搖晃晃地走到離入口最近的桌位，頹然坐下。

「……什麼時候？」

秀一在問自己的死期。

剛太郎想把咖啡一口喝完，回到現實，但他的雙手在膝上緊握成拳，一動也不動。

「……拜託，不要再，說謊了……」

秀一用懇求的眼神望著剛太郎。

剛太郎避開他的視線，猶如祈禱般雙手合十，抵在額頭上，重重地嘆了一口氣。

「一年以後……」

「……一年，以後？」

「是車禍……」

「這、這樣啊……」

「洋子太太也……」

「這、這樣啊……洋子也……」

「所以，由我，撫養了……遙小姐……」

事到如今，剛太郎還不自然地叫「遙小姐」，秀一可能覺得很滑稽吧。

「這樣啊……」

秀一無力地笑著說。

「但是，我想……那也到今天為止了。」

剛太郎的聲音漸漸變小。

這二十二年以來，剛太郎一直覺得自己和小遙的親子關係，是因為秀一的死才得到的，而且他跟小遙一起度過的時光，確實也讓他感受到幸福。

——**把秀一拋在腦後，自己幸福快樂是不行的。**

然而，越是覺得幸福，他就越有這樣的念頭。

要是他早點跟小遙說自己不是她真正的父親，或許兩人的關係就會不一樣。然而事已至此，已經來不及了，小遙馬上就要結婚了。

剛太郎對自己把真相一直拖延到更改戶籍之前才說出來，感到萬分後悔。

——**我為了不失去自己的幸福，一直都沒有說實話。**

這等於是背叛了自己的恩人秀一，跟恩人的女兒小遙。

——像我這種人，沒有資格參加她的婚禮。

剛太郎決定說出真相之後，就再也不出現在小遙的面前。

秀一拿著相機，慢慢站起來，走到低著頭的剛太郎身邊，摟住剛太郎的肩膀，讓相機把兩個人都拍進去。

「你不打算參加婚禮吧？」

秀一搖晃著剛太郎的肩膀問道。

——一切都被秀一看穿了。

「……對。」

剛太郎回道，仍舊低著頭。

「秀一，小遙的父親，是你啊……但是、但是，我卻一直沒有跟小遙說你才是她父親。我說不出口。我接受了你的幫助才有今天……我不能這麼想的……但是，要是，小遙真的……是我的女兒的話……」

剛太郎說不下去了。

「我卻一直這麼想……」

剛太郎用雙手掩住臉，嗚嗚地哭了起來。

剛太郎一直很痛苦，「要是小遙真的是我的女兒」這個念頭等於否認了秀一的存在。剛太郎越是感激秀一，就越厭惡有著這個念頭的自己。

「這樣啊。原來如此……你一直都很痛苦啊……」

秀一大聲抽了抽鼻子。

「我知道了……今天，就結束這一切吧。」

他在剛太郎耳邊輕聲說道。

「對不起、對不起……」

剛太郎只不斷地反覆道歉，眼淚從他掩住臉的雙手間，啪答啪答地滴落在桌面上。

「好了！」

秀一說著面對相機。

「小遙，妳聽好，我有個建議。」

他毫不遲疑的聲音響徹店內。

「從今天開始……」

秀一說著摟住剛太郎的肩膀，把他拉了過來。

「妳的父親，就是我跟剛太郎兩個人。這樣好嗎？」

他對著相機說道。

剛太郎因嗚咽震動的肩膀停住了。

「從今天開始，妳多了一個父親，很划算吧？如何？」

秀一不理會他繼續說道。

剛太郎終於抬起涕泗縱橫的臉。

「……你、你在說什麼啊？」

他喃喃道。

「你可以幸福的！」

秀一直視剛太郎，堅決地如此斷言。

「你不用再介意我，不用再痛苦了。」

他又補上一句。

剛太郎想起來了，秀一一直都是這個樣子。無論面對怎樣嚴峻的局面，他都積極向前。無論何時都只看著前方，就算知道自己即將死去，他還能替他人的幸福著想……。

「要幸福啊，剛太郎……」

在咖啡店的角落，兩個高大的男人互相依偎著哭泣。

天花板上的吊扇，慢慢地、慢慢地轉動。

先停止哭泣的是秀一，他抓住剛太郎的肩膀。
「好了，把頭抬起來，不是要錄婚禮祝詞給小遙嗎？」
剛太郎在秀一的扶持下，終於把頭轉向相機，但他臉上滿是淚痕。
「來，笑一個。」
「……」
「兩個人一起笑著祝福小遙結婚大喜啊！」
剛太郎努力想露出笑容，但笑不出來。
「哇哈哈哈，你的臉真好笑。」
秀一望著剛太郎的臉，豪爽地笑出來，他把相機交給剛太郎。
「這一定會讓小遙看到吧？」
秀一說著站了起來。
「對不起。」
剛太郎又哭起來。

「咖啡很難喝嗎？」

櫃臺後的流輕聲問道。這是流表示關心的方式，他的意思是：您沒忘記咖啡快要冷掉了吧？

秀一「啊」地叫了一聲。

「秀一！」

剛太郎望著秀一的眼睛叫道。

「沒事的。我沒事的。」

秀一雖然這麼說，剛太郎的表情仍舊非常悲傷，秀一苦笑了起來。

「好啦，你想變成一反木綿，去參加小遙的婚禮嗎？」

他砰砰地拍著剛太郎的肩膀說。

「對不起。」

剛太郎抬起滿是淚痕的臉望向秀一低聲說道。

「好啦，快喝。」

秀一揮著手催促道。

剛太郎拿起杯子，感覺到咖啡杯已經冷了，慌忙地把咖啡一口氣喝完。

「啊……」

那種頭暈目眩的感覺再度包圍了剛太郎。

「秀一，」

剛太郎想叫他，但秀一好像已經聽不到開始變成熱氣的剛太郎的聲音了。周圍的景色也開始搖曳晃動，彷彿陷入夢境。

「小遙就拜託你了。」

剛太郎清楚地聽到秀一這麼說。二十二年前的剛太郎，會在一年之後，櫻花如雪飛舞的時刻再度聽到這句話。

不知何時，周圍開始像剛太郎回到過去時一樣快速地流轉移動，他失去了意識。

「大叔？」

剛太郎聽見美紀的聲音，睜開了眼睛，眼前店裡的樣子毫無改變，只不過美紀在面前，流跟數也在。

——我是做了一場夢嗎？

剛太郎察覺自己手上握著相機，他慌忙按下播放按鈕。

剛太郎望著相機畫面的時候，洋裝女子從洗手間回來了，她在剛太郎的桌位前停下。

「走開。」

她嚇人地低聲說道。

「對不起。」

剛太郎說著慌張地站起來，把座位讓給洋裝女子。

洋裝女子若無其事地坐下，把桌上的咖啡杯往前一推。

快收掉。她顯然是這個意思。

美紀俐落地收走被她推開的杯子。她沒用托盤，直接用雙手捧著咖啡杯，咔啦咔啦從剛太郎身邊走過，回到櫃臺後的流身邊，把杯子遞給流。

「大叔在哭吧？他沒事的說嗎？」

她又用奇怪的語調反問。

流看見剛太郎盯著相機的畫面，哭得肩膀震動，也有點擔心。

「您還好嗎？」

流問道。

「我沒事。」

剛太郎仍舊看著相機畫面說。

「這樣啊。」

流回應道。

「他說他沒事。」

他低頭望著美紀，輕聲說道。

數替洋裝女子泡了新的咖啡，從廚房裡走出來。

「事情順利嗎？」

數一面問剛太郎，一面走到那個位子旁邊，迅速擦了桌子，把咖啡放在洋裝女子面前。

「要我幸福……」

剛太郎喃喃道，他的視線慢慢移向那個座位。

「他這麼跟我說了。」

剛太郎不好意思地回答。

「這樣啊……」

數靜靜地回答。

畫面中的秀一搭著剛太郎的肩膀。

「笑一個、笑一個。」

他開心地大聲說。

「喏，什麼時候，才能讓小女做那個啊？」

剛太郎走到收銀櫃臺付帳的時候，美紀拉著流的T恤袖子問道。

「就叫妳不要說什麼小女了！」

「吶，小女也想做啦。」

「不讓說小女的人做啦。」

「這太卑鄙了的說。」

「又再胡說什麼了？」

流跟美紀的一來一往，讓剛太郎本來要走出去的腳步，又停下了。

「那個……」

他望著父女二人，對數說道。

「什麼事？」

數回應道。

「那位女士，是您的母親吧……？」

剛太郎望向洋裝女子。數順著剛太郎的視線，看著洋裝女子。

「嗯。」

她輕聲回答。

——您的母親為何沒有從過去回來呢？

剛太郎想發問，但面無表情望著洋裝女子的數，渾身充滿了不願再多說下去的氛圍。

他在回到過去之前問的時候，得到的答案是她去見去世的丈夫，就沒有回來了。

——這個女孩子可能比我還痛苦得多吧。

剛太郎心想。即便如此，他也想不出什麼話對她說。

「謝謝你們……」

最後剛太郎只這麼說道，便離開了咖啡店。

喀啦哐噹。

「二十二年前啊……」

流嘆了一口氣，喃喃說道。

「剛好是妳七歲的時候啊……？」

流從櫃臺後面對望著要的數說道。

「……嗯。」

「我也希望妳能幸福……」

流好像自言自語一般地說。

「……我呢，」

美紀等不及數說下去。

「喏！什麼時候，才讓小女做啊？」

她抱著流的腿。

數望著美紀，溫柔地微笑起來。

「……妳啊，真是的！」

流嘆了一口大氣說，接著又丟出一句。

「總有一天啦！」

他強行拉開纏著他的美紀。

「總有一天？是哪天？幾點幾分星期幾？」

「總有一天就是總有一天啦。」

「聽沒有懂懂。」

美紀仍舊抱著流的腿，完全不肯放手。

「吶吶吶——」

就在被她煩得要命的流正要爆炸的時候，數開口了。

「小美紀……」

她走到美紀面前，蹲下來以跟她一樣高度的視線望去。

「等妳七歲……」

她用溫柔的聲音說道。

美紀直勾勾地望進數的眼睛裡。

「真的？」

她反問。

「真的喔。」

數立刻回答。

美紀抬頭望著流，等他回應。流輕輕點了兩三次頭。

「嗯。」

他雖然滿面為難，但仍然嘆著氣應道。

「喔吔！」

美紀非常開心，使勁地蹦跳起來，噼哩啪啦地跑到裡面的房間去了。

「真是的！」

流一面咕噥著，一面跟在美紀後面進去。

一個人留下來的數，望著靜靜看小說的洋裝女子。

「對不起，媽媽，我還……」

她突然輕聲說道。

咔喳哐噹。

三座落地鐘的聲音彷彿縈繞著數一般，不斷鳴響。

響個不停……

響個不停……

第二話

【母子】

聽到呤呤的蟲鳴，就讓人感受到秋意。

然而，這種感覺是獨特的。據說除了日本跟玻里尼西亞之外，蟲鳴的聲音就只是普通的噪音而已。

有種說法是，日本人和玻里尼西亞人都是蒙古人南下演化成的民族。玻里尼西亞人的語言之一薩摩亞語的發音，跟日語很相似，母音是a、i、u、e、o五個音，單字是子音搭配母音，或者是單獨用母音表現。

日語還有擬聲跟擬態的表現法，像是「嘩啦嘩啦奔流的河川」、「咻咻吹著的風」、「沙沙下著的雪」、「亮晃晃的豔陽」等等，都是可以讓人聯想到情景的詞彙。

這個特色在現代的漫畫中也被大量活用。日本的漫畫除了台詞之外，還有各種擬聲詞的表現法，比方說，「嘶砰——」、「咚——」、「滑滑」、「靜——」等等。

日本的漫畫將日本人特有的感覺「文字化」，得以鮮活地呈現出畫面的臨場感。

有一首著名的歌曲，就是把這樣的表現直接當成歌詞。

哎喲 金蟋*5在叫
清奇珞吟清奇珞 清奇珞吟
哎喲 鈴蟲*6也叫了
吟吟吟吟 吟依～吟

某日傍晚……
時田美紀大聲地唱著這首〈蟲之歌〉，她唱得非常賣力，想讓爸爸時田流聽她唱這首今天剛剛在學校學會的歌。
她滿臉通紅地唱著，然而聲音實在太大，有許多地方都走音了，讓流深深

*注5：松虫（*Xenogryllus marmoratus*），雲斑金蟋。
*注6：鈴虫（*Meloimorpha japonica*），鈴蟲，直翅目蟋蟀科的昆蟲。

皺起眉頭，嘴角一味往下撇。

漫漫秋夜 蟲聲長鳴

啊 真是有趣 蟲的歌聲

「好棒、好棒。」

美紀唱完之後，興奮地拍手大叫的人是木嶋京子，她坐在櫃臺的座位上，專心地聽著美紀唱歌。

美紀得到京子的稱讚，露出得意的笑容。

「哎喲，金蟋……」

她再度唱起來。

「好了、好了……」

流極力想阻止美紀的歌唱表演，其實他已經聽過三遍，實在厭煩了。

「好了，我知道了。總之，妳先去把書包放好吧。」

流拿起櫃臺上的書包，遞給美紀。

「好。」

京子的稱讚可能讓美紀很滿意，她聽話地接過書包，然後走進了裡面的房間。

清奇珞吟清奇珞　清奇珞吟

唱歌的美紀走進去後，這家咖啡店的女服務生時田數就走了出來。

「秋天到了呢。」

她對著京子說道。看來美紀的歌聲在這家沒有季節感的咖啡店裡，宣告了秋天的來臨。

喀啦哐噹。

伴隨著牛鈴的聲響，神田警察局的老刑警萬田清走了進來。

雖說是十月上旬，早晚已經很涼了。清把身上的薄風衣脫下來，在離入口最近的桌位坐下。

「歡迎光臨。」

數送上開水。

「我要咖啡。」

清說道。

「知道了。」

回話的是在櫃臺的流，他接著走進廚房。

「這麼說來啊，之前我在車站前面看見阿數妳跟一個男的走在一起，那是誰啊？難道是妳男朋友？」

京子等流消失在廚房裡，才用只有數聽得到的聲音詢問。她可能期待數會露出難得一見的嬌羞表情、兩眼閃閃發光，因此臉上露出八婆般的笑容。

然而，數的表情一如既往。

「對，是我男朋友。」

她直接了當地說道。

京子倒是吃了一驚。

「哎？阿數有男朋友啊？」

她大聲叫起來，像是要逼問櫃臺後的數傾身向前。

「嗯，是啊。」

「什麼時候……」

「他是我上美術大學時認識的學長……」

「……所以你們已經交往十年了嗎？」

「啊，不是，春天才開始交往的。」

「今年春天？」

「對。」

「啊，這樣喔——」

京子回應道。她長長地嘆了一口氣，把身子往後仰，讓人擔心她是不是要從櫃臺座位上跌下來了。

而且店裡只有京子一人這麼驚訝，坐在入口附近桌位的清，應該對這種感情八卦毫無興趣吧。他拿出黑色的筆記本，漠然地翻閱。

「流先生，你知道阿數有男朋友嗎？」

京子對著在廚房裡的流大聲叫道。

——啊，聲音是不是太大了呢！

店裡很小，京子一出聲，自己就縮起了肩膀思忖道，一面窺視著數的臉色。

但是數仍舊一如往常，若無其事地擦拭玻璃杯。對數來說，這並不是需要刻意隱藏的事，有人問起她就回答，如此而已。

流沒有回答。

「怎樣？」

京子再度出聲。

「嗯，算是知道啦。」

過了一會兒，流的聲音才傳來。不知怎地，這吞吞吐吐的回答，好像流比數還不好意思一樣。

「真的假的……」

京子盯著數瞧，流從廚房裡走出來。

「有這麼驚訝嗎？」

流對京子說道，接著把泡好的咖啡端給清。

清高興地露出笑容，在咖啡杯上方慢慢地深呼吸。流看著他，瞇起了眼睛。流對自己店裡提供的飲料有著異常的堅持，清的笑臉正是對他這份堅持的讚賞，他滿意地挺起胸膛，走回櫃臺後方。

京子完全不在乎流的志得意滿，繼續說下去。

「不是啦，就阿數總好像不會談戀愛的那種感覺，不是嗎？」

「是這樣嗎？」

流隨口應道，把細細的眼睛瞇得更細了，開始一面哼歌一面擦拭銀托盤。對流而言，清的笑容比數的男朋友重要多了。

京子橫了流一眼。

「那天你們在做什麼？」

她問數。

「找禮物。」

「禮物？」

「他母親要過生日了……」

「原來如此、原來如此。」

接下來，京子追根究底地詢問數的男朋友種種細節，像是第一次見面的印象啦、是怎樣告白的啦，不管問什麼，數都一一回答。然而，京子的問題還是沒完沒了。

其中京子最感興趣的，是男友對數告白不止一次，而是總共三次。第一次是認識沒多久的時候，接著是三年以後，最後一次是今年春天。

數對京子的問題都毫不遲疑地回答，但京子問她之前兩次告白都拒絕了，第三次為什麼會答應呢？

「我也不知道。」

數只曖昧地這麼回答。

想問的都問完之後，京子愉快地用手撐著面頰，要流替咖啡續杯。

「這傢伙有男朋友，有這麼值得高興嗎？」

流一面替咖啡續杯，一面問京子。

「我媽媽總是說，希望阿數早點結婚，找到幸福就好了……」

京子微笑著說道。

京子的母親絹代，一個月前因病去世了。她是數小時候的繪畫老師，很喜歡流泡的咖啡，在住進附近的綜合醫院之前，只要有空都會來這裡，是這家店的常客。因此她不管是對數還是對流而言，都是重要的人。

「這樣啊……」

流瞇起眼睛喃喃道。數什麼也沒有說，但擦拭玻璃杯的手卻停了下來。

京子感覺到現場的氣氛似乎沈重起來。

「哎喲，討厭啦，不好意思。我不是說我媽媽有什麼遺憾，你們不要誤會喔？」

她急忙補上一句。

數當然明白京子說的話不是那個意思。

「沒事，非常謝謝妳。」

她帶著平常看不到的溫柔笑容回道。

京子應該也很高興能藉著這個機會把絹代的心意傳達給數吧，她也愉快地點頭，「嗯」了一聲。

「那個……」

打斷京子他們對話的是清。在此之前，他靜靜地喝著咖啡，顯然是在等他們聊到一個段落。

「我想請問一下……」

他帶著非常不好意思的表情說。

「什麼？」

雖然不知道他想問誰什麼事，京子總之就立刻應道。

「有什麼事嗎？」

流也回應道。數雖然沒有說話，但卻靜靜望著清。

清脫下破舊的鴨舌帽，搔著一頭白髮。

「其實，我在煩惱我太太生日要送她什麼才好……」

他有點羞赧地喃喃道。

「送尊夫人嗎？」

流問道。

「嗯。」

清低著頭回應。應該是聽到數說幫男朋友的母親選生日禮物，所以想參考一下吧。

京子嘻嘻地笑起來。

「去年您送了什麼禮物呢？」

數一本正經地問。

清再度搔著白髮。

「說起來不好意思，我沒有送過她生日禮物，所以完全不知道該送什麼才好……」

「哎？從來都沒有送過嗎？那為什麼突然想要送禮物了呢？」

京子瞪大眼睛反問。

「沒有啦，也沒什麼特別的理由……」

清回答，伸手拿著已經喝完的咖啡杯。

京子非常明白清在不好意思，不由得差點說出：「真可愛。」但她拼命忍住沒說話。

「果然是這樣。我想不管送什麼，尊夫人都會很高興的。」

流一直仔細傾聽，他雙手抱胸、呼吸沈重且紅著臉說道。

「就是這樣才傷腦筋喔。」

京子卻立刻提出反駁。

流被擊中要害，垂下肩膀。

「對不起。」

數拿著咖啡壺，替清的咖啡續杯。

「那就送項鍊如何呢？」

她說著伸手拿起自己胸口的項鍊給清看。那是一條非常細的鍊子，不特別用手拿起來很難注意到。

「我瞧瞧、我瞧瞧！哎喲，不錯吔！女人啊，不管多大年紀，都喜歡這種東西的。」

京子瞅著數的頸間，用力點頭。

「這麼說來，阿數今年幾歲呀？」

「二十九歲。」

「……二十九歲。」

清好像在思索什麼似地低下頭。

「怎麼啦？介意年紀嗎？沒問題的，重要的是心意啊。我想尊夫人一定會很高興的。」

京子望著清的表情，出聲鼓勵道。

清的表情一下子明朗起來。

「我知道了。非常感謝大家。」

「加油喔！」

京子沒想到清這樣的老警察，竟然會煩惱太太生日要送什麼禮物，她又驚訝又佩服，而且非常想替他打氣。

「好的。」

清回道，重新戴上破舊的鴨舌帽，伸手拿著咖啡杯。

數也溫柔地微笑起來。

哎喲 獅子也在叫

喔嗚喔嗚 喔嗚喔嗚 喔～嗚喔嗚

美紀的歌聲從裡面的房間傳來。

「咦，歌詞是這樣嗎？」

京子把雙手交抱在胸前，四下張望。

「好像現在很流行這種。」

流回答。

「改歌詞嗎？」

「嗯。」

「這麼說來，小孩好像都會自己編歌詞喔？陽介跟小美紀一樣大的時候，不管在什麼地方都自己改歌詞亂唱，我簡直恨不得地上有個洞可以鑽下去。」

京子懷舊地笑起來，望向裡面的房間。

「最近陽介怎麼都沒一起來了？」

流改變了話題。

陽介是京子的兒子，現在念小學四年級，是個足球少年。絹代住院的時候，他會來外帶流泡的咖啡，送去醫院給絹代，所以常跟京子一同出現在店裡。

「哎？」

「陽介啊。」

流又問了一次。

「啊，嗯。」

京子咕噥道，伸手拿起眼前的冷水。

「那個孩子，是因為我媽媽拜託他才來這裡的……」

京子回道，接著一口氣把杯子裡的水喝完。

陽介在京子的母親絹代去世之後，就不來這裡了。

絹代跟病魔纏鬥了半年，最後在病床上喝了一口流泡的咖啡，然後像睡著一般安詳地去世了。

陽介還是小學生，沒法喝咖啡，他來這家咖啡店只是為了替絹代拿外帶的咖啡，絹代既然已經去世，陽介也就沒有理由來這裡了。

絹代住院半年之後的夏末，京子曾說過：「已經做好心理準備。」但母親去世才一個月，她臉上寂寞的神色還是難以掩飾。

流沒發現陽介不來的理由跟絹代去世有關，很後悔自己如此輕率地提起這件事。

「……對不起。」

他微微低下頭。

就在此時——

哎喲　公雞也在叫了

咯咯　咯咯　咯～咯嘓

美紀精神飽滿的歌聲從裡面的房間傳來。

「噗——」

美紀改的歌詞讓京子不由得笑出聲來，自己造成的沈重氣氛也一掃而空，她心裡可能正想著：「得救啦！」京子哈哈哈哈地大笑起來。

「剛才是獅子，現在變成公雞啦？」

她望著流的面孔，流可能也有同樣的感覺。

「怎麼盡唱這種奇怪的歌啊……」

他說著嘆了一口氣，走進裡面的房間。

「小美紀真是可愛。」

京子對著裡面的房間自言自語。

「多謝招待。」

趁著店裡的氣氛改變，清拿著帳單站起來，走到收銀台前。他把咖啡錢放進收零錢的小碟裡，客氣地低下頭。

「今天非常感謝妳提供寶貴的建議。」

他說完便離開了店裡。

喀啦哐噹。

店裡只剩下京子跟數。

數收起咖啡錢，喀喳喀喳地打著收銀機。

「幸雄先生不知怎麼樣了……」

她輕聲說道。

幸雄是京子的弟弟，現在住在京都學習陶藝。

京子沒想到數會提起幸雄的名字，一瞬間雙眸大睜，望著數的眼睛。然而，數只一如往常平靜地替京子空了的水杯倒水。

——什麼都被她看穿啦。

京子好像認命似地輕聲嘆了一口氣。

「幸雄不知道我媽媽住院了。媽媽不讓我說……」

京子說著伸手拿起水杯，卻沒有放到嘴邊，只是慢慢地搖晃著。

「所以那孩子可能在生氣吧？葬禮都沒來參加……」

京子望著傾斜在杯子裡的水面。

「手機也打不通……」

事實上，她完全沒辦法跟幸雄取得聯絡，打了好幾次電話，都得到「您撥的號碼是空號，請查明後再撥」的訊息，電話號碼好像已經解約了。她也跟幸雄工作的陶器工坊聯絡過，對方卻說他幾天前辭職了，沒有人知道他現在在哪裡。

「我根本不知道他現在在哪裡幹什麼啊……」

京子因為沒有告訴幸雄絹代住院的事，這一個月以來，都煩惱得無法入睡。

——**要是我有同樣的遭遇，一定氣昏了頭，不知道會做出什麼事來。**

她心裡思忖道。

這家咖啡店據說「可以回到過去」，當然京子也見過想回到過去的客人，但她從來沒想過自己也會碰上想回到過去，重新來過的事情。

但是、但是啊！她也很清楚就算想重新來過，也是沒辦法的。

要說為什麼？因為就算京子回到了過去……

回到過去之後，無論如何努力，也不能改變現實——有這麼一條規矩呢。

就算她回到絹代入院那天，寫信給幸雄，只要有這條規矩存在，寄出的信幸雄一定收不到；就算收到了，也會因為某種原因而沒看到。結果幸雄還是不知道絹代住院的消息，只收到了訃聞，也不會來參加葬禮。因為規矩是這樣。

也就是說，即使京子回到過去，也不能改變現在的狀況。這樣的話，回到過去就沒有意義了。

「我很明白媽媽不想讓幸雄擔心……」

然而，母親的心意讓京子進退兩難，非常苦惱。

「但是……」

京子用雙手遮住臉，肩膀震顫。

數並沒有停下手上的工作，但她也沒有跟京子說話。

時間就這樣靜靜地流動。

哎喲 爸爸 跟〜進來了

噗 噗 噗 噗 跟屁蟲

漫漫秋夜 蟲聲長鳴
啊 真是有趣 蟲的歌聲

裡面的房間傳來美紀亂改的好笑歌詞，但店裡已經聽不到京子的笑聲了。

☕

那天晚上……

店裡只有數一個人，不對，正確說來，只有數跟穿著白色洋裝的女子兩個人。數在收拾整理，洋裝女子一如既往靜靜地看著小說。

差不多快看完了吧？左手壓著的頁數已經所剩不多。

數很喜歡咖啡店關門之後的這段時間。她並不是喜歡整理打掃，而是喜歡什麼也不用想，就默默地做事。

對數而言，畫畫也是一樣的。數擅長用鉛筆替眼前的景象寫生，喜歡超寫實主義（hyperrealism）這種技法，而且她只畫實際看得到的事物，不畫想像或架空的畫。數的繪畫不參雜任何私人的感情，她只是喜歡不假思索，把眼前看到的東西描繪到畫布上。

啪嗒——

洋裝女子把小說看完了，闔上書本的聲音在店裡迴盪。

女人把小說放在桌邊，伸手拿起咖啡杯。數從櫃臺下方拿出一本小說，走到女子面前。

「妳可能不太喜歡這本……」

數說著把書放在洋裝女子面前，再將桌邊的書收走。

這種事她可能已經做過很多次了，因此動作非常熟練流暢。只不過數的表情並不如往常一樣冷淡，她臉上充滿了希望能讓喜歡的人高興，送出精心挑選的禮物般的神情。

想看見對方高興的面容。

送禮物的人自然都會有這種感情，希望對方會喜歡，一面想像對方的反應一面挑選禮物，時間一下子就過去了。

洋裝女子看小說的速度並沒有很快，但她成天只看小說，所以兩天就能看完一本。

數為了她，每個星期會去一次圖書館，借小說回來給她看。雖然這不是送禮，但對數來說，把小說給洋裝女子，不只是「工作」而已。

幾年前，洋裝女子都不斷地反覆讀著一本叫做《戀人》的小說。直到有天美紀疑惑地說：「老是看同一本書，不會膩嗎？」便將自己的繪本遞給了洋裝女子。

從那時起，數就開始替洋裝女子挑選小說。

——**要是她能喜歡我選的小說就好了……**

然而，女子完全沒有注意到數的心意，只伸手拿過小說，默默地從第一頁開始閱讀。

「…………」

就像沙漏的沙無聲地落下一般，「期望」這種心緒，也從數的表情中慢慢消失。

喀啦哐噹。

營業時間已經過了，「closed」的看板也已經放在外面，但牛鈴還是響起來了。

數並不會想著，這麼晚了是誰啊？她只是平靜地慢慢望向店門口，一面走回櫃臺後面。

走進來的是一個將近四十歲，膚色略深的男人。他穿著黑色的V字領T恤和一件深咖啡色的外套、同樣顏色的長褲，和黑色的鞋子。他茫然地四下張望，表情幾乎毫無生氣。

「歡迎光臨。」

數對男人打招呼。

「你們已經關門了吧？」

男人用微弱的聲音問道，顯然他並不是以為店還開著才進來的。

「沒有關係。」

數說著揮手示意他在櫃臺座位就坐。

男人照著坐下，但可能是感到疲累，舉手投足都像慢動作一般緩慢。

「您要喝什麼飲料嗎？」

「啊，不了……」

店關門之後才進來，而且什麼也不點的客人，一般的店員會覺得十分困擾，但數並不以為意。

「我知道了。」

她淡然地回答男人，默默地送上一杯水。

「……啊。」

「對、對不起。那，請給我一杯咖啡。」

男人察覺到自己的言行舉止不合常軌，慌忙說道。

「好的。」

數垂下眼瞼回道，便消失在廚房裡。

數一離開，男人就大大地嘆了一口氣，舉目望著昏黃的室內，昏暗的罩燈、天花板上慢慢旋轉的吊扇、三座指著不同時間的大落地鐘，然後在店內一角看小說的白衣女子。

「那個……那位女士，真的是幽靈嗎？」

數回來以後，男人唐突地問道。

「嗯。」

對男人這種天外飛來的問題也能冷靜地回答，真不愧是數。

這家咖啡店本來就有很多聽了傳說聞風而來的客人，對數而言，這已經是司空見慣的事，跟打招呼差不多。

「這樣啊……」

男人好像覺得無趣般回道。

數在男人面前開始準備泡咖啡。

她平常都用虹吸式咖啡壺煮咖啡。虹吸式是將熱水倒進玻璃壺中，用酒精燈加熱，沸騰的水上升到漏斗裡，浸泡漏斗中研磨好的咖啡粉以萃取咖啡。數喜歡觀看虹吸壺煮咖啡的過程。

然而今天不知怎地，她沒有用虹吸壺，而是從廚房裡拿出一套濾泡的器具，連磨豆機都拿出來，顯然是要親自磨咖啡豆。

手沖濾泡式咖啡是這裡的老闆流的拿手好戲。把濾紙放進濾杯裡，慢慢地加熱水浸泡咖啡粉，慢慢萃取出咖啡。數通常都嫌麻煩，幾乎不濾泡。

數默默地開始磨咖啡豆，店裡沒人說話。數不開口，男人有點不自在，只伸手搔著腦袋，他好像也不是會主動搭訕的那種個性開朗的人。

過了一會兒，咖啡的香氣在店裡飄散開來。

「久等了。」

數將冒著熱氣的咖啡杯放在男人面前。

「…………」

男人無言地望著咖啡杯，有一陣子沒有動彈。數開始熟練地收拾工具。安靜的店裡只聽到洋裝女子小說翻頁的聲音。

過了一會兒，男人伸手拿起咖啡杯。只要是喜歡咖啡的客人，這種時候就會深深吸進咖啡的香氣，但男人只是開始啜飲咖啡。

「……這個，」

在此之前男人都面無表情，但咖啡的酸味可能讓他吃了一驚，他皺起眉頭，咕噥起來。

男人喝的咖啡是一般俗稱的摩卡，香氣非常佳，但聽說酸味很強，很具特色。這家店因為流喜歡這種口味，而堅持只提供摩卡。對平常不喜歡喝咖啡的人來說，純摩卡或奇力馬札羅的咖啡個性太強烈了，很多人都跟這個男人一樣無所適從。

咖啡的名字通常都來自產地。摩卡是葉門跟伊比利亞的咖啡豆，以前從葉門一個叫做摩卡的港口出口；奇力馬札羅則是坦尚尼亞產的咖啡豆。流喜歡伊比利亞的咖啡豆，也有人純粹喜歡濃厚的酸味。

「這是絹代老師喜歡的摩卡咖啡。」

數這麼說道。

男人「哎」地叫出聲來，驚愕地望著數。

當然他並不是因為咖啡的名稱吃驚，而是自己並沒有說出姓名，從未謀面的女服務生卻提起了絹代的名字。

這個男人叫做三田幸雄，是絹代的兒子、京子的弟弟，正在研習陶藝。

絹代從以前就是這家咖啡店的常客，但幸雄在此之前從來沒有來過。連住在車程十五分鐘距離的京子，也是在絹代住院之後，因為要替她外帶咖啡，所以才開始常來的。

幸雄滿面訝異地瞪著數，但數毫不在意。

——等您很久了。

她微笑的表情好像正在這麼說。

「什麼時候……知道我是她兒子的？」

幸雄搔著腦袋問道。

雖然沒有刻意隱藏身分，但還是會介意吧。

「長得很像……」

數一面清理磨豆機，一面回答。

幸雄困惑地摸著自己的臉。可能是第一次有人跟他這麼說吧，他露出不怎麼信服的樣子。

「或許是偶然也說不定，白天京子小姐剛好來過，提起了您的事。所以可能是我的直覺，心想或許就是……」

「這樣啊………」

幸雄聽了數的解釋回道，一瞬間，他轉移了視線。

「我是三田幸雄。」

他接著說，低下了頭。

數也低頭回禮。

「我是時田數。」

「我母親生前在信上提過您的事，還講到這家咖啡店的傳說……」

幸雄聽到數的名字喃喃說道，接著瞥向洋裝女子，他吞嚥了一下，從櫃臺位子上下來。

「拜託您，請讓我回到過去，回到我母親還在世的時候吧。」

他低下頭請求。

幸雄從小就很認真，對什麼感興趣就會埋頭鑽研，人家交辦的事情，就算沒人看見他也不會偷懶。比方說，小學的掃除時間，大家都偷懶去玩，他也會一個人默默地打掃。

他個性溫和，對什麼人都很好，小學、中學、高中都屬於班上安靜的那一群，並不引人注意，就是一個普通平凡的少年。

高中校外旅行的時候，幸雄遇上了轉機。

校外旅行的地點是京都，有一場體驗傳統工藝的課程。幸雄在陶藝、扇子、印鑑、竹子工藝中選了陶藝。幸雄是第一次轉動捏陶土的轉盤，但他的作品遠比其他同學來得像樣。體驗教室的老師說：「從沒見過第一次嘗試就做得這麼好的孩子，他有才華啊。」

這是幸雄第一次獲得這樣的稱讚。

幸雄因為這次校外旅行的體驗，萌生了想當陶藝家的念頭。

然而，具體來說，他並不知道要成為陶藝家該怎麼辦，校外旅行回來之後，他就成天悶悶不樂。

有天他在電視上看見一位名叫桂山峠的陶藝家，介紹自己的作品時說：「當了四十年陶藝家，終於有了自己滿意的作品。」

幸雄大受衝擊。他並不是對平凡的人生有所不滿，只不過內心深處總有一個念頭——希望能找到值得奉獻一生的工作。

桂山峠便成為幸雄憧憬的對象。

為了成為陶藝家，通常不是上設有美術系的大學或專科學校，就是拜入陶藝家門下當弟子，一面工作一面學習。

幸雄沒有去上專科學校，而是想去京都的桂山峠門下學習。

桂山峠在電視上說：「要成為一流，就必須接觸一流。」

他很喜歡桂山峠這句話，於是他跟父親政一商量說想當陶藝家。

「成千上萬的人都想當陶藝家，但真正能靠陶藝吃飯的人屈指可數，我不覺得你有這種才能。」

父親反對，但幸雄並沒有放棄。要去上大學或專科學校的話，學費等等開銷會造成家裡的經濟負擔，幸雄不希望自己的任性讓家人為難，於是他決定去陶藝家門下當弟子，可以一面工作一面學習。政一雖然反對，但最後被絹代說服，因此幸雄高中畢業後，就去了京都。

他選擇的，當然是桂山峤的工坊。

出發前往京都的那天，絹代跟京子到新幹線的車站月台上送他。

「雖然不多……」

絹代說著把自己的印章和存摺塞給了幸雄。

幸雄知道這筆錢是絹代說過：「哪天想跟爸爸一起去國外旅行。」而一點一滴存下來的。

「這我不能收。」

他拒絕，但絹代十分堅持，不肯讓步。

「就拿著也沒關係啊。」

新幹線發車的鈴聲響了，幸雄沒法只好低頭道謝，收下印章跟存摺，去了京都。

「媽媽，我們回去吧。」

車開走了，京子說道。

絹代卻仍然站在月台上，望著已經看不見蹤影的新幹線前進的方向。

☕

「就算回到過去，無論如何努力，都不能改變現實喔！」

數開始說明規矩，尤其是在想見的人已經去世的情況下，一定要強調這條規矩才行。

死別。

一切發生得非常突然。幸雄並不知道絹代住院，對他來說，絹代去世的消息實在太突兀了。

然而，幸雄好像知道這條規矩，臉色並沒有改變。

「我知道。」

他回答。

絹代今年春天檢查出癌症，那時已經是末期了，只能再活半年。醫生對京子說，要是能早三個月發現的話，或許還能想點辦法也說不定。

但既然有無法改變現實的規矩，就算回到過去，設法努力早點診斷出病情，絹代去世的事實仍舊不會改變。

「這家咖啡店的規矩，是不是還是說明一下比較好呢？」

數覺得幸雄應該聽絹代說過這裡的規矩，但還是問道。

「拜託您了。」

幸雄考慮了一下，小聲回答。

數放下手上的工作，開始說明規矩。

「首先，第一條規矩。就算回到過去，也無法見到沒有來過這家咖啡店的人。」

「我知道。」

幸雄聽到便立刻回覆。

要是只來過這裡一次，或是只在店裡露個臉就立刻離開的人，見到的機率確實很低；但是像絹代這樣的常客，見到的機會就很大。數覺得幸雄要回去見絹代的話，這條規矩應該不用再詳細說明。

「第二條規矩，剛才也說過了。回到過去之後，無論如何努力，也不能改變現實。」

她繼續說明下去。

「我知道。」

這條規矩幸雄也沒有任何疑問，他立刻回答。

「第三條規矩。要回到過去，一定要坐在她坐的那個位子上才行……」

數說著望向洋裝女子，幸雄也順著數的視線望過去。

「只有在她去洗手間，離開座位的時候，才能去坐下。」

「那是什麼時候？」

「不知道……但是她一天一定會去一次洗手間……」

「所以只要等待就可以了嗎？」

「對。」

「我知道了。」

幸雄聽了數的回答，面無表情地說道。

數平常就不多話，幸雄也不多話，說明順利地繼續進行。

「第四條規矩。回到過去，也不能離開座位行動，要是站起來離開了椅子，就會被迫回到現實。」

要是忘了這條規矩，雖然好不容易回到過去，就會得到立刻返回現實的悲慘結果。

「第五條規矩。回到過去的時間，只從我把咖啡倒進杯子裡開始，到咖啡冷卻為止。」

數說到這裡，伸手拿起幸雄面前的空杯子。幸雄可能是口渴吧，頻繁地舉杯喝水。

麻煩的規矩還不止於此——

回到過去僅限一次，沒有第二次。

過去和未來的人都可以拍照、交付禮物、接受禮物。

就算用保溫機器維持咖啡的溫度，咖啡還是會冷掉。

之前有雜誌曾經把這家店當成都市傳說，報導成「能回到過去的咖啡店」，正確來說，也可以前往未來。

然而，幾乎沒有人去到未來。這是因為雖然可以前往未來，但去的時候想見的人會不會在就很難說。而且未來會發生什麼事也沒有人知道，要不是有非常迫切的理由，在咖啡冷掉之前的短暫時間內前往未來，見到想見的人的機率實在很低，多半都是白費功夫。

數不會特別說明這些規矩，基本上她只會說明前面五條規矩，其他的要有人提問她才會回答。

幸雄喝了一口數替他倒的水。

「我母親說過，要是在咖啡冷掉之前沒有喝完的話，就會變成幽靈。那是真的嗎？」

他望著數的眼睛問道。

「是真的。」

數乾脆地回應。

幸雄垂下眼瞼，深呼吸了一下。

「也就是說，會死掉……是吧？」

他像是要確認般地問道。

在此之前，從來沒有人確認過，變成幽靈是不是意味著「死掉」。

數無論聽到什麼問題都能面不改色地回答，只有在這一瞬間，臉色突然陰鬱了起來，但也只有一瞬間。

數立刻輕輕呼出一口氣，慢慢地眨眼睛，回復到慣常的冷靜表情。

「就是這樣。」

她回應道。

「我知道了。」

幸雄像是恍然大悟般點頭，喃喃說道。

數將規矩說明完畢之後，望向洋裝女子。

「接著就等她起身去洗手間而已。您要等嗎？」

她反問。這是最後確定客人要不要回到過去。

「我等。」

幸雄毫不遲疑地立刻回答，伸手拿起眼前的杯子。咖啡應該一下子就冷掉了吧，但幸雄還是一口氣喝完。

數伸手拿著空杯子。

「要續杯嗎？」

她問道。

「不、不用了。」

幸雄用手勢制止回絕道。雖然這是絹代喜歡而每天都喝的咖啡，但看來好像不合幸雄的口味。

數收走幸雄的空杯，走向廚房時突然停下腳步。

「您為什麼沒來參加葬禮呢？」

她背對著幸雄這麼問道。

對沒有出席母親葬禮的兒子來說，可能覺得這個問題有責怪的意味。數會提出這種問題非常稀奇。

幸雄可能也這麼覺得吧，他微微皺起眉頭。

「我不回答不行嗎？」

他回應道，口氣有點強硬。

「當然可以。」

數仍舊一貫平靜地說道。

「只不過京子小姐覺得，您沒有出席葬禮，是她的錯……」

她又加上了一句，微微頷首走進廚房裡面。

☕

其實幸雄沒有出席絹代的葬禮，並不是京子的錯。當然，絹代的死訊讓他難以置信，但最大的理由是他籌不出從京都到東京的旅費。

得知絹代死訊的時候，幸雄背負著鉅額的債務。

三年前，有人對認真學習打算成為陶藝家的幸雄提議，要是他想成立自己的工坊的話，對方可以投資。對陶藝家而言，擁有自己的工坊是最大的夢想，當然幸雄也希望將來能擁有自己的工坊。

跟幸雄說可以融資給他的，是在幸雄老師的工坊出入的批發商，在京都算是新公司。

離開東京十七年了，幸雄為了存錢，一直都住在沒有浴室，只有三坪的小房間裡，省吃儉用，認真地過日子。

幸雄一定很想早日讓絹代見到自己成為陶藝家活躍的樣子。他已經快四十歲了，確實感到有點焦急，因此當有人提出要投資，便跟消費金融機構借了不足的款項，連同自己所有的存款一起交給業者，準備開設自己的工坊。

然而，說要投資的業者卻捲走了幸雄所有的錢，潛逃無蹤。

幸雄被騙了。

就這樣，幸雄得到的不是自己的工坊，而是以他的名義欠下的大筆債務。

金錢方面的困擾，會讓人面臨精神瀕臨崩潰的邊緣。每天都想著要怎麼還錢，根本沒辦法考慮未來的事。

現在要怎麼應付過去？明天要怎麼應付過去？除了這些，什麼也無法想。

乾脆，死了算了……

這個念頭在腦中浮現過無數次，但要是自己死了，討債的就會轉而去跟母親和京子催討。幸雄絕對不願意讓這種事發生，所以極力忍住自殺的念頭。

一個月前聽到絹代的死訊，他正處於這種困境之中。

幸雄心裡緇得緊緊的一條線，砰地一聲斷了。

☕

數走進去之後，幸雄慢慢地從外套口袋裡拿出手機，確認了畫面，輕聲嘆了一口氣。

「沒有訊號啊……」

幸雄喃喃道。

他瞥了洋裝女子一眼，眼神茫然地思索了一會兒，然後站起來。幸雄大概覺得洋裝女子一時之間還不會去洗手間，便握著手機，走出了咖啡店。

喀啦哐噹。

牛鈴響起。在那之後——

店裡響起洋裝女子闔上小說的聲音。

啪答——

幸雄可能是要跟什麼人聯絡所以走了出去，這只能說是時機太過不巧了。

洋裝女子把小說夾在腋下，靜靜地站起來，無聲地走向洗手間。

這家咖啡店入口的左邊有一扇通往外面的大木門，往右則是洗手間。洋裝女子慢慢地通過入口的拱門，往右轉。

啪噹——

洗手間的門關上了，數從廚房走出來，店裡沒有人。

要是流在場的話，一定會驚慌地去找幸雄，因為現在正是一天只有一次，能回到過去的時機。

然而，數一點也不慌亂，反而像是沒有任何事情發生似的，平靜地開始整理洋裝女子使用過的咖啡杯，就好像幸雄完全沒有來過一樣。

她對幸雄為什麼走了，會不會回來，完全不在意。

數清理了桌面，把咖啡杯放在托盤上，走回廚房。

就在此時，牛鈴響了。

喀啦哐噹。

幸雄回來了，他的手機已經放進口袋裡，現在兩手空空。幸雄回到原來的櫃臺位子坐下，伸手拿起眼前的杯子。

坐在櫃臺的位子就背對著那個座位，幸雄沒注意到洋裝女子已不在，把水喝完，嘆了一口大氣。

數從廚房裡端著托盤走出來，托盤上放著銀咖啡壺，跟純白杯子。

「我跟家姐聯絡過了。」

幸雄看著數說道。他解釋自己為什麼離席，口氣已經沒有剛才被問到為什麼不出席葬禮時，「我不回答不行嗎？」的那種尖刻感覺。

「這樣啊。」

不知道他跟京子說了什麼，數只靜靜地說道。

幸雄抬起視線，看見數的樣子，倒抽了一口氣。

數的周圍彷彿像是被淺藍色的火焰包圍著一般，充滿了不屬於這個世界的幽冥氣氛。

「位子空出來了……」

數對幸雄說道。

他這才注意到洋裝女子已不在那個位子上，不由得「啊」地叫出聲來。

數走到洋裝女子座位的旁邊。

「您要坐下嗎？」

她問幸雄。

幸雄可能被自己竟然沒發現洋裝女子不在而嚇到了，一時之間沒有回過神來，但他感覺到數的視線。

「……嗯，要。」

他好不容易開口回答，接著走到那個座位前，閉上眼睛靜靜地深呼吸，然後坐下。

數把純白的咖啡杯放在幸雄前面。

「現在我要為您倒咖啡。」

她輕聲說道，聲音平靜沈穩。

「回到過去，只有在這杯咖啡倒滿以後，到咖啡冷掉之前為止……」

這條規矩她剛剛已經說明過了。然而，幸雄沒有立刻回答，閉上眼睛彷彿在思索。

「……我知道了。」

他自言自語般說道。他的聲音跟剛才回答時不一樣，稍微低沈了一些。

數微微點頭，從托盤上拿起一條大約十公分長的銀棒，放進杯子裡。

「這是？」

幸雄很好奇那是什麼，他把頭傾向一邊問數。

「請當成湯匙使用……」

數只這麼解釋。

——那為什麼不用湯匙呢？

幸雄有此疑問，但發問太浪費時間了。

「我知道了。」

他只這麼回答。

「可以開始了嗎？」

說明完畢以後，數問道。

「好的。」

幸雄應道，把杯子裡的水一飲而盡，深呼吸了一下。

「拜託妳了。」

他喃喃地回答。

數輕輕點頭，慢慢地用右手拿起托盤上的銀咖啡壺。

「請代我跟絹代老師問好……」

她低聲道。

「在咖啡冷掉之前……」

她說著。數像慢動作一樣往杯子裡倒咖啡，雖然是很平常的動作，卻跟芭蕾舞伶一般優美，充滿儀式的崇高氣氛，店裡的空氣一下子緊張了起來。

銀壺的開口非常細，咖啡看起來像一條黑色的細線，而且不像開口大的咖啡壺那樣發出咕嘟咕嘟的聲音。

咖啡從銀咖啡壺裡無聲地注入白色的咖啡杯裡，幸雄凝視著咖啡和杯子的黑白對比。

倒滿的咖啡杯裊裊升起一縷薄煙，在那一瞬間，周圍的景象似乎開始扭曲晃動。幸雄慌忙想用手揉眼睛，但卻辦不到，他的雙手雖然有「手」的感覺，卻已經變成了熱氣，不只是手，身體跟雙腳也一樣。

——這、這是……

剛開始幸雄因為始料不及而吃了一驚，但想起接下來要發生的事，就覺得不算什麼了，他緩緩地閉上眼睛。

幸雄周圍的景象開始從上往下慢慢流逝。

幸雄回想起絹代。

在小時候他曾經三次幾乎沒命，而那三次，絹代都在他身邊。

第一次，是兩歲的時候染上了肺炎，發燒將近四十度，咳個不停。

現在醫學已經進步，肺炎可以用抗生素有效治療，已經不是難治的疾病。肺炎的原因，以及幼兒比較容易感染的理由，主要是細菌、病毒，以及黴漿菌等，也有了明確的治療方式。

只不過以前的醫生會說：「我們束手無策，已經盡力了，接下來就只能看孩子自己了。」這樣的例子據說也不少。

幸雄生病當時也不知道是細菌性肺炎，發著將近四十度的高燒，咳個不停，醫生連「要有心理準備」這種話都說了。

第二次，是七歲的時候去河邊玩耍溺水，在心肺停止的狀態下，奇蹟似地被救了回來。發現他的是當地消防隊隊員，替他做人工呼吸等急救措施，搶回他一條小命。絹代雖然跟他在一起，但只不過視線稍離，就發生了這種事。

第三次，是十歲的時候出了車禍。他騎著新買的腳踏車出門，闖紅燈的汽車衝過來，他在絹代面前被撞倒。幸雄飛到將近十公尺外，全身都是傷，被送往醫院急救。雖然在生死邊緣徘徊，但幸好頭部沒有受傷，奇蹟似地恢復了意識。

只要為人父母，小孩的病痛、受傷和意外事件等等都是必須面對的挑戰。這三次絹代都不眠不休地照顧幸雄，除了上洗手間之外，沒有離開過幸雄身邊，一直握著他的手為他祈福。先生和爸媽都擔心她的身體，要她休息，但她充耳不聞。父母對小孩的愛是永無止境的，而且不管小孩長到幾歲，對父母來說，孩子永遠是小孩。

幸雄離開父母身邊去進修陶藝，絹代的心情也並沒有改變。

幸雄拜入京都有名的陶藝家門下，跟其他弟子一起吃住，但是沒有薪水。因此，他白天在工坊工作，晚上就去便利商店和居酒屋打工。

二十來歲的年輕人可以這樣拼命，但過了三十歲體力就會漸漸不支了。現在工坊會發一點薪水，但總不能一直跟其他弟子住在一起。當幸雄搬出去租房之後，生活一下子就拮据起來。

即便如此，為了將來能有自己的工坊，他還是一點一滴地存錢，絹代有時候會跟信一起寄一些食材來，他就這樣勉強度日。

雖然也有過一星期連一千日圓都沒得花的時候，甚至跟他同年紀的年輕人都找到了工作，忙著談戀愛歌頌青春；他卻一心不亂地捏著陶土，在窯前滿身煤灰地工作，希望成為陶藝家被人認可的那天快點到來。

他也無數次想過自己根本沒有才能，想要放棄。過了三十歲仍舊繼續打工也不是長久之計，要是想找正式工作的話，最好快點放棄。在這個就職困難的時代，超過四十歲就沒有公司會雇用你，而現在就已經很困難了，他還能這樣撐到什麼時候？要到何時才能成為成功的陶藝家？

看不見未來的不安、沒有保障的生活、無法結婚成家，只有每天跟陶土奮鬥的日子。

即便如此，他仍舊抱著一絲希望。要是能實現這個夢想，會有人非常高興，只有這個念頭支撐著他。就算被人輕視，就算被人取笑，只有絹代仍舊相信幸雄會成功。

然而……，他作夢也沒有想到會被人騙走全部財產，背負鉅額的債務。最痛苦的時候，最需要別人支援的時候，幸雄卻接到絹代的死訊，墜入了絕望的深淵。

為什麼偏偏在這個時候？

為什麼只有自己遭遇到這麼痛苦的事？

自己到底是為了什麼出生在這個世上，為什麼要繼續活下去？

梅特林克[*7]寫過一個叫做《青鳥》的故事——

帝帝爾和蜜提爾在「未來之園」裡，遇到了天生就帶著三種疾病，等待出生的小孩。那個小孩出生就會得到猩紅熱、百日咳和麻疹，然後病死。

幸雄想起自己小時候讀到這個故事時，覺得非常難過。如果那是命中注定，無法改變的命運的話，人生也未免太不公平了。

他覺得要是人無法改變不公平的命運，那為什麼還要出生在這個世上呢？

回過神來時，幸雄的眼中溢出了淚水，他用手擦拭時才發現自己流淚了。

變成熱氣的手恢復了原狀，從上到下流轉的景色，也不知何時停住了。

☕

喀喳喀喳，喀喳喀喳……

幸雄聽見磨咖啡豆的聲音，抬眼望向櫃臺處。天花板上轉動的吊扇、罩燈、大落地鐘，一切都跟幾秒鐘之前一模一樣，毫無改變。

然而，櫃臺後面的人不一樣。喀喳喀喳磨著咖啡豆的是一個眼睛細得跟線

＊注7：梅特林克（Maeterlinck）：一八六二～一九四九，比利時詩人，劇作家，一九一一年諾貝爾文學獎得主。

一樣的高大男子，他從來沒見過這個人。

幸雄環視店內，除了這個高大男子和自己之外，沒有其他人。

——**我真的回到過去了嗎？**

幸雄心裡充滿了疑問，但卻不知道要如何確定。

那個叫做數的女服務生不見了，櫃臺後面是幸雄不認識的高大男子。

雖然他看見自己的身體變成了熱氣，四周的景色也從上到下流動，但卻仍舊無法相信這裡就是過去。

櫃臺後面的高大男子看見幸雄突然出現也毫不驚訝，繼續磨著咖啡豆。面生的幸雄突然出現在這個位子上，對這個男人來說一定是家常便飯，他好像也沒有要跟幸雄說話的意思。

這對幸雄而言正求之不得，來到這裡要是被問東問西，他也沒有打算回答。

只不過，幸雄想確定這裡是他想回來的過去——絹代還活著的過去。

——現在是幾年幾月？

幸雄想問。他聽京子說過，絹代住院是半年前春天的時候。

「對不起……」

他對高大的男人開口。

就在這個時候——

喀啦哐噹。

「你好。」

這家咖啡店的門開關時牛鈴會響，但店裡不會立刻看到進來的是什麼人。

然而，這個聲音幸雄立刻就認出來了。

——媽媽……

過了一會兒，他望向收銀台旁邊的入口，看見絹代腳步蹣跚，搭著陽介的肩膀走進來。

「啊……」

看見絹代的瞬間，幸雄怕她看見自己，咬住嘴唇慌忙低下頭。

——是住院之前來的嗎……

幸雄最後一次見到絹代是五年前。

那個時候絹代身體還很好，並不需要靠別人扶助才能走路。然而，眼前的絹代非常瘦弱，眼窩深陷，滿頭白髮，握著陽介的手青筋畢露，手指也像火柴棒般細瘦。絹代這時已經病入膏肓了。

——沒想到已經到了這個地步……

幸雄沒法把頭抬起來。

最先發現幸雄在場的是陽介。

「阿嬤……」

陽介在絹代耳邊輕輕叫道，扶絹代慢慢地轉向幸雄的方向。從小由阿嬤養大的陽介現在是外婆的手腳，支撐著衰弱的絹代。

絹代順著陽介的視線望去看見幸雄，睜大了眼睛。

「哎呀……」

她小聲地喃喃道。

幸雄聽到絹代的聲音，抬起頭來。

「您精神不錯啊。」

他說道，聲音也比之前跟數說話的時候開朗多了。

「怎麼了？發生什麼事了嗎？」

身在京都的幸雄突然出現在這家咖啡店裡，絹代又驚又喜，眼睛都發亮了。

「有點事啦。」

幸雄也回報以笑容。

「謝謝。」

絹代輕聲跟陽介說道，然後自己走向幸雄坐的桌位。

「流先生，麻煩把我的咖啡送到這裡好嗎？」

她在途中客氣地向流說道。

「我知道了。」

流應道。他在絹代點咖啡之前，就已經把剛剛磨好的咖啡粉放進濾杯，燒開熱水。絹代總是在這個時間來店，流知道她要來，就會先開始準備。

陽介面對著流在櫃臺的位子坐下。

「陽介要喝什麼？」

「柳橙汁。」

「好的。」

流回答陽介之後，舉起水壺，朝著濾杯中的咖啡粉，從中心開始慢慢用熱水畫圈圈。

店裡瀰漫著咖啡的香味，絹代非常喜歡這個瞬間，她露出幸福的笑容，在幸雄對面的椅子上坐下。

絹代從幾十年前就開始來這家咖啡店，這樣的常客當然清楚這裡的規矩。不用說她也知道，坐在這裡的幸雄來自未來。

但在這種情況下，幸雄只想避免她詢問自己從未來過來的理由。

——**我是來見去世的母親……**

這種話殺了他也說不出來。

幸雄心想不開口說話不行，心急之下衝口而出。

「您是不是瘦了一點啊？」

——**糟了！**

話一出口他就在心中咋舌。

就算還沒診斷出癌症，既然是在住院之前，那當然是因病消瘦。幸雄只想避免生病的話題，他握緊了拳頭，掌心都是汗。

「是嗎？真會說話啊。」

絹代卻笑著說道，用兩手撫摸面頰，露出高興的樣子。

——或許她還不知道自己生病了也說不定……

幸雄看著她的反應，心想。

或許她是在住院之後才得知病情的，要是絹代還不知道自己生病的話，這種反應也很正常。

——太好了……

幸雄鬆了一口氣，心想自己說話也得跟平常一樣才行。

「都這把年紀了，還高興什麼啊……」

他笑著責怪道。

「這跟年紀有什麼關係。」

絹代認真地回答。

「你是不是也瘦了一點啊？」

「……是嗎？」

「你有好好吃飯嗎？」

「有啊，最近開始自己做飯了。」

幸雄自從聽到絹代的死訊，就沒有好好吃過飯。

「哎喲，真的？」

「我已經不會成天吃泡麵了，不用擔心啦。」

「衣服呢？」

「有洗啦。」

他已經穿著同樣的衣服快一個月了。

「不管有多累，都要睡在床上喔。」

「我知道。」

他租的公寓已經解約了。

「要是沒錢的話，不要跟別人借，要跟我說喔。我沒多少錢，但還是能幫你一點的。」

「我沒問題……」

宣告破產的手續昨天已經辦完了，龐大的債務已經不會拖累絹代或京子。

幸雄只是想，最後再見絹代一面而已。

要是回到過去，可以改變現實的話，他或許不會做這種選擇。無論用什麼方式，他都會盡力讓面前的母親到大醫院去治病，一定會跟櫃臺後面的高大男子說明一切，低頭拜託他。

然而，這已經無法實現了。

幸雄即使失去了活下去的意義，他也不想讓絹代傷心。為此就算被人欺騙、生活多麼困苦，他都會繼續努力下去，因為兒女不能比父母先走。

然而，回到現實，絹代已經不在了……

幸雄平靜地跟絹代聊天。

「我終於要自己開陶藝工坊了。」

「真的？」

「當然不是假的。」

「……太好了。」

絹代的眼中溢出了淚水。

「這有什麼好哭的啊？」

幸雄笑罵，他把桌上的紙巾遞給她。

「因為……」

他說不下去了，幸雄凝視著絹代，慢慢地從外套內側口袋裡拿出一個東西。

「所以，這個……」

他把東西放在絹代前面，那是以前幸雄去京都的時候，絹代交給他的印章和存摺。

「要是撐不下去的話我打算用的，但現在用不著了……」

無論生活多麼困苦，他都沒有動用過這筆錢，這筆錢蘊含著母親深信他會成功的心意。他本來決定成為陶藝家之後，就要原封不動地奉還的。

「但，這是……」

「不用了。就是因為有這個，之前不管多辛苦我都熬過來了。就因為有這個，我才能繼續努力，為了把這個還給媽媽，我才拼命努力的……」

這不是謊言。

「我希望您收下。」

「幸雄……」

「謝謝。」

幸雄深深低下頭。

絹代收下他拿出來的印章和存摺，像祈禱般捧在胸前。

——這樣我就沒有遺憾了。現在只要等咖啡冷掉就好。

幸雄一開始就沒打算回到現實。

他聽到絹代死訊的時候，就一直在想像眼前的這一瞬間。光是去死是不行的，留下債務會給家人造成困擾。

這一個月以來，幸雄努力地準備宣告破產，他連出席葬禮的交通費都籌不出來，只能每天打工，攢到律師費跟到這裡來的交通費用而已。

一切都是為了眼前這一瞬間。

緊張消褪之後，幸雄知道自己已渾身無力，可能是這一個月都沒有睡好的緣故吧，他的疲勞已經到達了極限。

——太好了。

在一切即將結束的現在，幸雄心裡只這麼想著。

——這樣就輕鬆了。

他充滿了滿足感、充滿了解放感。

就在這個時候——

嗶嗶嗶嗶、嗶嗶嗶嗶……

幸雄的咖啡杯裡傳來警鈴的聲音。幸雄不知道這是什麼，但聽到聲音，他就想起了數說的話，幸雄把發出響聲的攪拌棒從杯子裡拿出來。

「對了，這裡的女服務生要我跟媽媽問好……」

他向絹代轉達了數的囑咐。

「阿數嗎……」

「啊，嗯。」

「這樣啊……」

絹代的表情一瞬間黯淡下來，她慢慢閉上眼睛深呼吸，然後立刻又恢復原狀，望著幸雄。

「絹代老師……」

流臉色鐵青地從櫃臺後面叫著絹代，她卻對著流微微一笑。

「我知道。」

她只這麼說

………？

幸雄困惑地望著兩人，伸手拿起咖啡杯，喝了一口。

「嗯，好喝。」

幸雄撒謊，他並不喜歡強烈的酸味。

絹代用溫柔的眼神望著幸雄。

「是個很善良的孩子吧？」

「嗯？誰啊？」

「阿數啊。」

「咦？啊，嗯，是啊。」

幸雄又說謊了，他並沒有空閒觀察數的人品。

「她很能體察別人的心情，總是替坐在那個位子上的人著想。」

幸雄完全不明白絹代要說什麼，反正他只要等咖啡冷掉就好了，對話內容是什麼都無所謂。

「那個位子上不是坐著一個穿著白色洋裝的女士嗎？」

「嗯？啊，對……」

「她去見去世的先生，就沒有回來了……」

「這樣啊。」

「回到過去，沒人知道他們說了些什麼，但是沒有人想到她會就此不回來。」

幸雄看見櫃臺後面的流低下頭。

「…………？」

「替她泡咖啡的，是當時才七歲的阿數……」

「……這樣啊。」

幸雄興味索然地喃喃道，他不知道絹代為什麼跟自己說這個。

絹代聽到幸雄的回應，滿面寂寥。

「她們是母女啊。」

她稍微加強了口氣說。

「哎？」

「沒回來的女士，是阿數的母親啊……」

幸雄聽到這話，不由得臉色大變。

仍舊需要母親關愛的七歲少女，竟然不得不承受這麼殘忍的結果，光是想像就讓人心疼。但是就算同情，他也沒有回到未來的打算。

——這個故事跟攪拌棒有什麼關係……？

幸雄甚至能冷靜地這麼想著。

絹代拿起他放在碟子上的攪拌棒。

「所以阿數會在去見去世的人的咖啡杯裡放進這個，在咖啡冷掉之前就會響起來……」

她舉起攪拌棒對幸雄說道。

「……啊。」

幸雄臉色變白了。

——但，這樣就是……

「這是阿數給我的訊息。」

——告訴媽媽她會死掉嗎？

「哎？為什麼？為什麼陌生人要做這種事？媽媽心裡會怎麼想？」

幸雄無法理解數這麼做的理由。

——太自作主張了！

幸雄臉上明顯出現憤怒的神情。

「阿數啊，」

但絹代只輕聲開口道，並露出幸雄從未見過的幸福微笑，從她的表情完全看不出接到數告訴她命不久長的訊息而感到恐懼驚慌。

「給了我一件只有我能辦到的，最後的任務喔。」

——啊……

幸雄想起絹代在提到自己小時候性命垂危的經過時，總是哭著說：「我完全幫不上忙。」雖然那是生病和意外，但絹代對自己的無力感一直耿耿於懷，無法忘記。

「你要回到未來的……」

絹代溫柔地說，露出微笑。

「不要。」

「媽媽相信你。」

「不要。」

幸雄用力搖頭。

絹代把幸雄還給她的印章和存摺舉到額前。

「這個媽媽就收下了。因為這是你的心意，媽媽會把這筆錢帶進墳墓裡去的。」

她深深地低下頭。

喀啦哐噹。

「媽媽……」

絹代抬起頭，帶著溫柔的笑臉凝視幸雄的眼睛。

「聽到自己的小孩說想死，為人父母的卻沒辦法救他，沒有比這更痛苦的事了吧。」

幸雄的嘴唇開始顫抖。

「……對不起。」

「沒關係。」

「……對不起。」

「來……」

絹代說著把杯子微微推向幸雄。

「替我跟阿數說謝謝，好嗎？」

「…………」

幸雄原本想回答：「知道了。」但話卻說不出口。

他深吸一口氣，用顫抖的手拿起咖啡杯，抬起迷濛的視線，對面的絹代也正帶著笑容哭泣著。

——**我的寶貝兒子……**

她的聲音很小，幸雄可能沒有聽到，但他看得出絹代的唇型這麼說著，簡直像是對剛出生的嬰兒說話一樣。

對父母來說，小孩永遠是小孩，永遠都不求回報。只期望兒女幸福，不斷付出愛情的母親。

幸雄本來覺得，自己死了一切就結束了。而且絹代也已經死了，所以跟她沒有關係了。

但是他錯了。就算死了，母親仍舊是母親，母親的心意是不會改變的。

——**我差點就讓去世的母親傷心……**

幸雄一口氣把咖啡喝完，摩卡特有的酸味在口中擴散開來，他又再度被暈眩感籠罩，身體變成了熱氣。

「媽媽！」

幸雄不知道絹代聽不聽得到他的聲音，但絹代的聲音卻清楚地傳到他耳邊。

「謝謝你來見我……」

幸雄周圍的景色開始從上到下流轉，時間從過去回到了未來。

要是那個時候，警鈴沒有響的話……

要是就那樣等咖啡冷掉，就會讓媽媽一直到最後都不幸了……

想成為陶藝家而不被認可，多年來只一心追求成功，還碰上騙子；心中只想著為什麼只有自己這麼不幸，自怨自艾。

自己差點就讓母親比自己更加痛苦……

活下去吧……無論發生什麼事……

為了一直到最後，都希望自己能幸福的母親……

幸雄的意識在時間的洪流中慢慢遠去。

回過神來時，店裡只有數一個人，幸雄回到了現實。

不一會兒，洋裝女子從洗手間回來了，她悄無聲息地走到幸雄面前，面無表情地低頭望著他。

「走開。」

她不悅地說道。

「……」

幸雄一面抽著鼻子，一面慢慢站起來把位子讓給洋裝女子，她默默地坐下，把幸雄的杯子往外一推，若無其事地開始看小說。

——**店裡好像亮了起來。**

這種不可思議的感覺讓幸雄困惑。並不是店裡的照明變亮了，但是幸雄眼前的一切都鮮明起來。

他的人生從絕望轉變成充滿希望，幸雄的心境大大改變了。

——**世界並沒有改變，改變的是自己……**

幸雄凝視著洋裝女子，在腦中回想剛剛的經歷。

數把幸雄的咖啡杯收走，替洋裝女子端上了新的咖啡。

「我母親……」

幸雄背對著數說道。

「說謝謝妳。」

「這樣啊……」

「我也……」

幸雄說著深深低下頭。數把幸雄用過的咖啡杯送回廚房裡。

數一離開，幸雄就慢慢拿出手帕，擦拭涕泗縱橫的面孔，擤了擤鼻子。

「多少錢？」

他對著廚房問道。

數很快走出來，在收銀台面前拿起帳單。

「咖啡錢和夜間加成，總共四百二十日圓。」

她回答，若無其事喀喳喀喳地打著收銀機，洋裝女子也一如往常地繼續看小說。

「……那就這樣。」

幸雄拿出一張千圓鈔票。

「……為什麼沒有解釋那是警鈴？」

他反問。

數收下鈔票，再度喀喳喀喳地打著收銀機。

「不好意思，我忘記說明了。」

她臉色如常地微微點頭，幸雄微笑起來。

呤呤呤呤——

鈴蟲的叫聲不知從何處傳來。

幸雄好像被蟲鳴牽引。

「我母親……」

他喃喃說道，伸手接過數找的零錢。

「說希望妳也能幸福。」

他說完便離開了咖啡店。

幸雄並沒有聽到絹代說這句話，但是想到數的遭遇，他很清楚絹代想跟數說什麼。

喀啦哐噹。

幸雄離開了，店裡再度只剩數和洋裝女子兩人。

牛鈴的聲音靜靜地迴響，數拿著抹布開始擦拭櫃臺。

漫漫秋夜 蟲聲長鳴
啊 真是有趣 蟲的歌聲

數小聲地哼唱。
鈴蟲也呤呤呤地應和。
秋夜靜靜地深了……

第三話 【戀人】

那個位子坐著一個從過去來的男人。

這家咖啡店不只能回到過去，也可以前往未來。

但是，雖然有很多人回到過去，卻幾乎沒有人前往未來。因為回到過去的話，可以算準了想見的人來這家咖啡店的時機，但前往未來卻沒辦法這麼做。因為想見的人未來會不會在這家咖啡店裡，沒有人知道。

就算事先約好了，在前往咖啡店的途中電車可能會遲到、可能突然有緊急的工作、道路突然封鎖、颱風突然來襲、身體突然不適等等，不知道會發生什麼情況。前往如此不確定的未來，見到想見的人的機率，確實非常低。

即便如此，這個男人還是從過去來了。他說他叫做倉田克樹，穿著短袖T恤和短褲，腳上蹬著夾腳拖。

這家咖啡店裡面很小，只能容納九個客人，然而店中央卻有一棵直抵天花板的大型耶誕樹。

原本三張桌子中間的那張被收起來，放置了耶誕樹。這是時田流的太太計在去世之前，為了愛女美紀所準備的，她每年都會購置飾物，準備以後裝飾耶誕樹給女兒看。

今天是十二月二十五日，耶誕節。

「您穿這樣不冷嗎？」

跟美紀一起坐在櫃臺位子上的木嶋京子，一面忍著笑意，一面關心地問道。

倉田的打扮實在跟耶誕節太不合拍了。

「要不要借您一件衣服披著？」

流從廚房探出頭來問道。

倉田立刻搖搖手。

「我完全不冷，沒有關係。可以給我一杯水嗎？」

他對櫃臺後的時田數說。

「知道了。」

數說完轉身從架子上拿下杯子，倒了一杯水，走到倉田面前，倉田接過水杯。

「謝謝。」

他說著一口氣把水喝完。

「做好了！」

美紀在京子旁邊的櫃臺座位上大聲叫起來，她握著筆在裁成長條的紙上寫了好些字。

「這次妳又許了什麼願？」

京子別過頭望向美紀手中高舉的紙條。

「希望爸爸的腳有香味。」

美紀精神飽滿地唸出紙條上的字。

京子可能覺得很有趣吧，「噗哧」地一聲笑出來。

美紀露齒一笑，滑下櫃臺位子，走到聳立的耶誕樹前面，她把寫著願望的紙條繫在耶誕樹上。這簡直成了七夕許願。

樹上已經有了好幾張字條，上面的內容不一而足。

關於流的願望是最多的，除了「腳好臭」跟「希望爸爸變矮」之外，還有「不要那麼容易生氣」等等，每次都讓京子忍俊不禁。

這家咖啡店平常並不會在耶誕樹上繫著許願的紙條，美紀本來只是練習寫字，而京子看見她練習就建議：「既然要寫字，就把願望寫下來繫在樹上吧？」

連平常不怎麼笑的數，都嘻嘻地笑出聲來，而坐在那個位子上，來自過去叫做倉田的男人，看見這個光景也笑了起來。

「不要寫這些蠢話啦。」

流無奈地說，捧著一個二十公分見方的盒子從廚房出來，裡面是京子訂的耶誕節蛋糕，是他親手做的。

美紀也對流露齒一笑，對著耶誕樹上的紙條拍了兩次手，合十低頭。真讓人搞不清楚到底是七夕、耶誕節，還是神社參拜。而且——

「接下來呢……」

她還打算繼續寫呢。

「真是的……」

流一面嘆氣，一面把蛋糕盒放進紙袋裡。

「這是給絹代老師的……」

流說著放進一個裝著咖啡的小紙袋。

「啊……」

京子不由得叫出聲來。

京子的母親絹代今年夏末去世了，絹代喜歡流泡的咖啡，住院的時候也是每天都要喝。

「謝謝。」

京子眼泛淚光說道。她並沒有點咖啡，但流卻準備了絹代喜歡的咖啡，這份細心令人感動。

悼念故人，就是不忘記那個人。計留下來的這棵大耶誕樹，也包含著她希望大家不要忘記，她會永遠守護大家的心意。雖然這是完全拋開宗教觀念的耶誕樹裝飾法，但只要美紀高興，計應該就很滿足了。

「多少錢？」

京子一面拭淚一面問。

流有點不好意思地瞇起了本來就很細的眼睛。

「哎，共二千三百六十日圓。」

他小聲說道。

京子從錢包裡取出鈔票。

「那就這樣……」

她拿出一張五千日圓和三百六十日圓的零錢，流收下了錢，喀喳喀喳地打收銀機。

「這麼說來，」

流停下手。

「他回來了吧？幸雄……是吧？」

他問京子。

「對。雖然很辛苦，但他也已經找到工作了。」

幸雄是京子的弟弟，之前因為研習陶藝一直住在京都，直到快四十歲都一心鑽研陶藝，沒有任何的資格證書，要找工作並不容易。然而，他不挑剔工作類型，不停到就業中心探詢的結果，在第十二次面試的時候，終於在一家賣西洋餐具的小公司找到了工作。

幸雄在決定住進公司的宿舍之後，回到了東京，自己邁出了第二人生的第一步。

「恭喜。」

流邊說著邊找錢給京子，而在流身後的數也微微低下頭。

然而，京子的表情卻黯淡下來，她握著找回的零錢，望向那個位子，輕嘆了一口氣。

「真沒想到，那個孩子竟然打算自殺……」

京子感嘆道。

「真的非常感謝。」

她深深低下頭。

「不客氣。」

數仍舊一如既往地平靜，京子雖然不知道自己的感謝是不是真的傳達了，還是滿意地點點頭。

「寫好了！」

美紀又寫完一張字條，大聲叫起來。

「這次又寫了什麼？」

京子微笑著問道。

「希望爸爸能幸福。」

美紀大聲地笑著說。

不知道美紀是否明白自己寫下來的願望到底是什麼意思，她可能只是想把不知道從哪裡聽來的「幸福」這個詞彙套用上而已。

「混帳東西。」

流聽到美紀這麼說，吐出了這句話後就走回廚房去了。

京子和數相視而笑。

「爸爸很幸福喔。」

京子對美紀說道，轉身走出了咖啡店。

美紀雖然笑嘻嘻的，但她並不真正明白這句話的意思。

喀啦哐噹。

美紀一面唱著耶誕歌，一面開心地把紙條繫在耶誕樹上，這時廚房裡傳來流擤鼻子的聲音。

「寫好了嗎？」

美紀說著走到坐在那個位子上的倉田面前，望向桌上。倉田手邊有跟美紀一樣的紙條，這是美紀給倉田寫願望用的。

「啊，對不起，還沒……」

「寫什麼都可以喔——」

美紀建議道。

倉田慌忙拿起筆，抬頭望著天花板上慢慢旋轉的吊扇，然後在紙條上寫字。

「要不要再跟二美子小姐聯絡一下？」

鼻尖泛紅的流從廚房出來跟倉田說道。

二美子是七年前在這家咖啡店回到過去的客人之一，現在偶爾也會來。

「她是不會不守約定的啦。」

流把雙臂交抱在胸前，嘆了一口大氣，幾分鐘前他打過二美子的手機，雖然有鈴聲，但是二美子沒接。

「謝謝您費心。」

聽見流的話，倉田低頭道謝。

「你在等二美子姊姊嗎？」

美紀不知何時在倉田對面坐下，望著他的面孔。

「啊，不是的，我不是在等清川前輩……」

「清川前輩是誰啊？」

「清川是前輩的姓氏……啊，妳知道姓氏是什麼嗎？」

「美紀知道姓氏喔——，就是上面的名字，對吧？」

「對對，就是這樣。妳知道的真多！好厲害、好厲害！」

倉田簡直把美紀當成益智問答的得獎者一樣稱讚，美紀也很高興，得意地舉手比著V字。

「二美子姊姊的姓氏是多多田吧？多多田二美子，對吧？」

她對櫃臺後的數說道。

「是賀多田！賀多田啦！妳叫她多多田二美子，人家會生氣啦！」

數溫柔地微笑起來，但是流立刻在她背後吐她槽。

美紀好像不明白「多多田」跟「賀多田」有什麼差別，歪著頭像是在說：爸爸在說什麼啊？

「……啊。」

倉田好像認得賀多田這個姓氏，不由得抬起身子，興奮得差一點就要離開座位站起來了。

「前輩果然結婚了吧？」

「嗯，是啊。」

「這樣啊，太好了！」

倉田知道二美子的先生被公司派到德國，兩人婚禮延期的事。聽到二美子跟五郎順利結婚，他非常高興。

二美子回到過去，是因為當時交往的男人賀多田五郎要求分手。五郎實現了多年的夢想，在美國一個叫做TIP.G的遊戲公司找到工作，要去美國。二美子明知不能改變現實，還是回到了過去，而五郎在那裡跟她說：「希望妳等我三年。」

那是三年之後打算結婚的意思。然而三年後，五郎從美國回來，卻立刻就被調到德國，兩人的婚禮只好延期。過程雖然曲折多舛，但就在去年，二美子的姓氏終於改成賀多田了。

流看見他的反應，臉色反而黯淡下來——咖啡不會一直都是溫熱的。

「剛才您說，您等的不是二美子小姐對不對？」

流想起了在美紀搞混二美子姓氏之前的談話。

「啊，對。」

「那您到底是在等誰呢？」

「……等我的同事，森麻美小姐。」

倉田遲疑地回答。

「我拜託清川前輩帶她到這裡來。」

他說著抬眼望向沒有任何人進來的入口。

倉田從過去來見的森麻美是二美子的晚輩，他與麻美是一起進入公司的同期生。倉田被派到營業部門，而麻美則在二美子所屬的開發部門。

倉田從過去來見同事麻美的原因不明，流也不想繼續追問下去。

「原來如此……。若能早點來就好了吧？」

流喃喃回答。倉田微微一笑。

「不能來的話，不來也沒關係。」

他說道。

「這是什麼意思？」

流問道。

「雖然我們有婚約，但我想應該沒有辦法實現約定……」

他抑鬱地低下頭。

——他是擔心分手的女友才來的啊！

流看著倉田憂鬱的表情，心想應該發生了什麼事。

「這樣啊。」

他沒有繼續說下去。

「但是光聽到清川前輩結婚的消息，到這裡來也就值得了。真的、真的太好了。」

倉田露出高興的笑容，不是偽裝，是真的很高興的表情。

「二美子姊姊的姓氏，為什麼變了啊？」

坐在倉田對面聽著兩人對話的美紀突然開口問流。

「結婚就變了呀！」

流可能對美紀每天問不完的問題覺得煩了吧，不耐地回道。

「哎？美紀也是嗎？美紀結婚了姓氏也會變嗎？」

「如果結婚的話。」

「哎——人家不要啦？」

「還早啦！妳現在擔心什麼……」

流長長地嘆了一口氣。

「哎？那師傅也是嗎？」

美紀倏地望向數。

最近美紀開始叫數「師傅」，雖然不知道她為什麼突然開始叫「師傅」，但幾天之前是「大姊頭」，在那之前是「數姊姊」，最早則是「阿數」，由此可見，數的地位在美紀心中漸漸上升。

「師傅結婚的話，姓氏也會變嗎？」

雖然叫師傅，但卻不用敬語。

「如果結婚的話。」

數的態度也一如既往，沒有改變，她平靜地一面工作一面回道。

「這樣啊——」

美紀說著猛地點頭，天曉得她是不是真的明白了。

她回到櫃臺的位子上，再度開始寫紙條。

鈴鈴鈴鈴、鈴鈴鈴鈴……

裡面房間的電話響了，數要走去接，但流制止了她，自己走了進去。

鈴鈴……

倉田凝視著桌上自己寫的紙條。

森麻美雖然比倉田小兩歲，但因為他們同期進入公司，她沒有對倉田使用過敬語。麻美個性認真，總是面帶微笑，在公司裡很受歡迎。

同部門的二美子也是美人，很吃得開，但二美子一進入工作模式，大家就會敬鬼神而遠之。在交貨期限前的緊張氣氛中，麻美的存在安撫了大家的心靈。

倉田和麻美因為一起進入公司，常常相約去喝酒。喝酒的時候多半都是抱怨工作上的事，但倉田從來沒有說過公司或上司的壞話，他是面對困難和嚴峻狀況會挺身而出的那種積極個性。

麻美說倉田是「超級樂觀的人」，進入公司的時候她有男朋友，並沒有把倉田當成交往對象看待。

倉田跟麻美親近起來，是麻美告訴他自己跟分手男友之間的孩子流產了的時候。她是在分手之後才發現懷孕的，流產也可能是因為分手的身心打擊，加上麻美本來就是容易流產的體質。

但是無論發生什麼事，麻美發現懷孕之後，就打算自己一個人生下來撫養。當檢查發現流產原因是自己的體質，麻美大受打擊，她覺得是自己害死了孩子。

麻美覺得這樣下去不行，她跟公司外的女性好友和雙親、姊姊都聊過，然而，雖然有陪著麻美一起傷心的人，卻沒有人能鼓舞她。

就在這個時候——

「妳在煩惱什麼？」

倉田這麼問道。

麻美心想倉田是男人，不可能理解女人流產的複雜心情吧，但是當下她只想找人傾訴，無論是誰都好。

每當麻美說起這件事，女性朋友都陪她一起哭，爸媽則安慰她說：「不是妳的錯。」麻美老實地對倉田傾訴，心想他當然也會這樣安慰她。

然而，倉田聽完麻美的話，先開口問她胎兒當時多大，麻美說大概十週到七十天吧。

「那麼，妳的孩子是為了什麼在這個世界上活了七十天呢？」

倉田如此問她。

麻美憤怒得嘴唇顫抖。

「為了什麼活了七十天……？」

麻美眼睛紅了，抽噎著說。

「所以是我不好嗎？」

麻美覺得沒把孩子生下來是自己的錯，但是被外人這麼指謫，實在太傷心太難受了，她不由得如此反駁。

「不是喔。」

倉田知道麻美想說些什麼，他溫和地微笑說道。

「什麼不是？肚子裡的孩子什麼也辦不到啊！連出生都沒辦到！都是因為我！我只給了這個孩子七十天的生命！只有七十天……」

麻美說到這裡連肩膀都垂下了。

「對不起、對不起。」

她對著已經不在肚子裡的孩子不停地道歉。

「那個孩子用只有七十天的生命，想讓麻美幸福的。」

倉田平靜地等麻美停止哭泣，然後繼續說道。他的話非常確定，非常溫柔，沒有一點迷惘。

「要是妳就這樣不幸下去，那麼，孩子就是用這七十天的生命讓妳不幸了。」

倉田的話並不是同情，而是具體地告訴麻美，要如何接受發生在自己身上的不幸遭遇。

「但是要是妳幸福地生活下去，那個孩子就是用了七十天的生命讓妳幸福。這樣，那個生命就有意義了。只有妳能讓那個孩子的生命有意義，所以妳一定要幸福。最希望妳幸福的人，是那個孩子啊……」

聽了倉田這番話，麻美「啊……」地叫出聲來，心中沈重的罪惡感在這瞬間似乎一掃而空，眼前豁然開朗。

我幸福地生活下去，這個孩子的生命就有意義了——這是明確的答案。

麻美忍不住眼中的淚水，她仰天哇哇大哭。這並不是悲傷的淚水，而是從絕望的深淵瞬間轉而獲得至福的喜悅淚水。

在這一刻，倉田對麻美而言，不再只是「超級客觀的人」了。

「倉田……先生？」

他突然發現流拿著電話子機站在他旁邊。

「啊，嗯。」

「二美子小姐打電話來。」

「……謝謝您。」

倉田接過流遞給他的子機，接了電話。

「我是倉田。」

——見不到的話就算了。

倉田雖然這麼說，但接到二美子的電話他應該還是很緊張，臉上的表情略顯僵硬。

「啊，嗯……這樣啊……原來如此……啊，沒關係，哪裡的話……謝謝您。」

雖然聽不到電話的內容，但倉田並沒有失落的樣子，簡直像是二美子就在眼前一般，抬頭挺胸，直視著前方，非常泰然自若。

流擔心地望著倉田。

「不，我也一直受到前輩照顧……沒關係的……非常感謝。」

倉田深深低下頭。

「是……是……嗯，差不多了，咖啡好像要冷了……嗯……」

流瞥向中間的落地鐘。

這家咖啡店有三座落地鐘，只有中間那座的時間是正確的，旁邊兩座不是快就是慢。所以流跟數，還有這家店的常客要看時間，都看中間的那座落地鐘。

流從旁聽著倉田跟二美子的電話內容，看來倉田在等的麻美好像不會來咖啡店了。

「嗯、嗯……」

倉田伸手摸咖啡杯，確定咖啡的溫度。

——差不多了吧……

倉田深吸了一口氣，慢慢閉上眼睛。

數只默默地望著倉田。

「對了，前輩您結婚了吧？恭喜、恭喜。嗯，對，這裡的人。對……不，我知道這樣就可以了。」

倉田的話聽起來不像謊言，他用開朗的笑容對著電話另一端的二美子。

「……那就再見了。」

倉田慢慢切斷電話，流靜靜地走到他桌邊，他把子機還給流。

「那我回去了。」

他輕聲說道，臉上雖然帶著笑容，但聲音卻有點寂寥。果然特地來到未來，卻沒能見到麻美，應該很遺憾吧。

「這樣好嗎？」

流望著倉田的表情問道。

流也知道這是無可奈何的事情，只不過他沒法不問。他焦躁不安、無意識地按著電話子機的按鈕。

「嗯，感謝您。」

倉田應該是感受到流的心情，笑著說道。

流慢慢抬起頭，拿著子機走回裡面的房間。

「可以幫我把這個繫在樹上嗎？」

倉田對望著自己的美紀說道，接著把剛才寫下願望的紙條交給美紀。

「知道了。」

因為倉田不能離開座位，美紀走到桌邊接過紙條。

「多謝關照了。」

倉田對櫃臺後的數點頭道謝，拿起眼前的咖啡杯。

兩年半前的夏天，也是倉田跟麻美交往後第二年的夏天。

倉田被診斷出急性骨髓性白血病，雖然可以治療，但若是置之不理，就只剩下半年的性命。

他已經偷偷買好了結婚戒指，決定要跟麻美求婚。倉田並沒有絕望，既然有可能，他就毫不遲疑地開始治療，同時瞞著麻美進行了這次的計畫。

二美子告訴過他，這家咖啡店不止可以回到過去，還能前往未來。然而，真的要實行計畫，只有二美子提供的情報還是感到不安，於是倉田來到這家咖啡店，直接詢問自己的計畫是否可行。

二美子帶他來過這裡兩次，所以很容易就能找到。只不過天氣正如預報，傍晚下起了大雨，倉田雖然打著傘，來到咖啡店時，腰部以下還是全部濕透。可能是因為下雨，店裡只有叫做數的女服務生，跟穿著白色洋裝的女人。

倉田很快打過招呼，立刻跟數說明自己的計畫。

「其實我想去未來。清川前輩告訴我，只要坐在那個位子上，就可以前往未來……」

他望向洋裝女子坐著的位子開言道。

關於這家咖啡店的規矩他都寫在筆記本上，他拿出筆記本，開始確認二美子告訴他的內容。

「回到過去的時候，沒法見到沒來過這家咖啡店的人。那前往未來的話，是不是也沒辦法見到沒來過這家咖啡店的人呢？」

倉田一面看著筆記本，一面認真地發問。

「是的。」

數一面工作，一面平靜地回答他。

在此之後，倉田也確認了洋裝女子每天去一次洗手間，前往未來也不能離開座位等等規矩。

「咖啡冷掉的時間，是每個人都一樣嗎？還是根據狀況不同有時候長，有時候短？」

倉田反問。

這個問題頗為敏銳。要是咖啡冷掉的時間全部都一樣的話，那只要問回到過去的二美子，就大約可以知道有多少時間；要是時間不一樣的話，甚至可能比二美子的時間還短。

若是回到過去，想見的人什麼時候會在這家咖啡店就很清楚，只要算準那個時間回去就好了，就算時間很短，還是能夠見到面。

然而，未來就沒辦法這麼做了。就算約好了時間，但可能有各種意料不到的事情發生，到底能不能來，完全無法確定，甚至有可能差個幾秒鐘就錯過了，所以時間的長短很重要。

倉田屏息等待數回答。

「不知道。」

數就這麼輕描淡寫地說道。

但是倉田好像早在意料中一般，並沒有露出失望的樣子。

「原來如此。」

他只這麼回道。

「回到過去無論如何努力，都無法改變現實。這樣前往未來也是一樣嗎？」

最後他這麼問。

聽到這個問題，數一瞬間停下了手上的工作，思考了一會兒。

「我想應該是的。」

她回答。數可能是察覺倉田的企圖才這麼曖昧地回答，但這也是之前從來沒有人問過的問題。

倉田覺得，要是「回到過去無論如何努力，也無法改變現實」這條規矩也適用於未來的話……

要是前往未來沒有見到想見的人，那今後無論怎麼努力，那個未來也不會改變。反過來說，要是前往未來見到面了，那無論今後發生什麼事，未來還是一定會見面的。這是他的想法。

倉田最想確認的是這一條規矩。

期待能偶然碰面而前往未來，是非常不智的作法。

麻美要是這家咖啡店的常客，那或許還可以期待偶然碰面，然而她不是常客。因此倉田打算自己前往未來的時候，能確保麻美也一定會來。

如果未來可以改變的話，現在前往未來就算無法碰面，那回來之後再努力就可以了，就算這次沒見到，以後也可能見到。

但是事情並非如此。

穿越時空到達的時間點發生的事情，沒有辦法改變。

這並不是新的規矩，但只有想前往未來的倉田注意到了。這跟「回到過去無論如何努力，也無法改變現實」是一體的兩面。

「我知道了。多謝您。」

倉田沈思著「嗯」了一聲，低頭道謝。

「今天您有什麼打算？」

數問道。

「今天我就先回去了。」

他說著走出了咖啡店，濕透的鞋子發出咯吱咯吱的聲音。

倉田請二美子幫助他在未來能跟麻美見面。

二美子頻繁出入這家咖啡店，跟麻美交情也很好；更有甚者，倉田從二美子身為系統工程師的工作表現，確定沒有比她更合適的人選。

倉田說有事情要跟二美子商量，約她出來。

「我恐怕半年以後，就不在這個世界上了。」

他開門見山地如此說道。

二美子大吃一驚。倉田給她看診斷書，解釋了醫生的判斷，以及一星期以後他就要住院。

就算是二美子也不知道該說些什麼？但倉田認真的態度讓她感受到他的決心。

「那我該做什麼呢？」

她問道。

「這件事只能拜託清川前輩。」

倉田說。

「我要到那家咖啡店去，前往兩年以後的未來。兩年以後我要是死了，能請妳帶麻美到那裡去嗎？」

他對二美子說道。

二美子聽到倉田說：「兩年以後我要是死了……」這句話，臉上露出複雜的表情。

「只不過，在兩種情況下，不用帶麻美來也可以。」

「不用帶她去也可以，是什麼意思？」

二美子露出訝異的樣子。一面說希望她兩年以後帶麻美去，一面又有可以不用帶她去的情況，她不明白倉田的意思。

但倉田坦然說出不用帶她去的條件。

「首先，如果我沒死的話，就不用帶她去了。」

二美子心想這是理所當然的，毋寧說，希望能這樣最好。

然而，第二個條件卻讓二美子說不出話來。

「我死了以後，麻美要是結了婚，幸福地生活，也不用帶她去。」

「哎？我不明白你的意思……」

「我去了未來，要是沒見到麻美的話，就表示她已經幸福地結婚了，那我就直接回來。然而，要是不是那樣，我有話要跟麻美說……所以……」

倉田完全不在意自己被醫生宣告只剩下半年的生命，只希望麻美能幸福。

「你這個人真是……」

二美子聽完倉田的計畫，流著眼淚感嘆道。

「要是能夠的話，我也不希望麻煩前輩。如果事情真的發生，那就一切拜託了。」

最後倉田深深地低下頭說道。至於要不要把他的計畫告訴麻美，由二美子自己決定。

然而，麻美並沒有出現。

倉田輕輕嘆了一口氣，把咖啡端到嘴邊。就在此時——

喀啦哐噹。

牛鈴響了。過了一會兒，有一個穿著深藍色大衣的女人衝了進來，是麻美。

外面可能正在下雪，麻美的頭上和肩膀上都有雪花。從過去的盛夏穿著短袖來的倉田，和在白色耶誕節之夜現身的麻美，形成了強烈的季節對比。

兩人一時間默默地凝視著對方。

「啊，嗨……」

倉田尷尬地先開口。

麻美緩過急促的呼吸，滿臉怒氣地瞪著倉田。

「二美子前輩都跟我說了。你在想什麼啊？我非得看到一個死人不可嗎？你怎麼不替我想想我的心情啊？」

她衝口而出。

倉田一直望著麻美，好像有點困擾似地用食指搔著額頭。

「對不起。」

他說道，但還是盯著麻美不放，仔細打量。

「怎樣？」

麻美訝異地問道。

「……沒事，沒什麼。」

他回答。

「我得回去了。」

他尷尬地說道。

麻美在倉田把杯子舉到嘴邊的瞬間，快步走到他面前，舉起左手，左手無名指上的戒指閃閃發光。

「我已經結婚了。」

麻美直視著倉田的眼睛宣告，非常清晰強調的口氣。

「嗯。」

倉田的眼眶漸漸紅了。麻美別過臉，嘆了一口氣。

「倉田你兩年前就死了喔。把二美子前輩牽連進來是要幹什麼？你也太會操心了吧？」

她好像責怪他似地喃喃說道。

「真的，好像是我太操心了……」

倉田說著苦笑起來。雖然不知道麻美為什麼到這裡來，但光是聽到麻美結婚，倉田就很滿足了。

「那我走了。」

倉田回到過去後，半年就去世了，來到未來並不會改變倉田去世的事實。麻美也說：「倉田兩年前就死了。」

然而，倉田的表情完全沒有一絲陰影，反而非常開朗，充滿了幸福的笑容。

麻美不知道倉田心裡在想什麼，仍舊雙手抱胸望向一旁。

「那我走了……」

倉田一口氣把咖啡喝完，在那瞬間，他感覺頭暈目眩，周圍的景象也開始搖曳晃動。倉田把咖啡杯放回碟子上，他的手慢慢變成了熱氣。

「倉田！」

正當倉田的身體飄浮在空中時，麻美叫道。

但倉田已意識模糊起來，周圍的景色開始從上往下流動。

「謝謝妳來……」

他將話說到一半，就像被天花板吸收一樣消失了。

不知何時，洋裝女子已經坐在倉田的位子上。

麻美呆站著望向倉田消失的空中。

喀啦……哐噹……

咖啡店門口傳來牛鈴的聲音。

走進來店內的二美子穿著羽絨外套和雪靴，她一直半開著門，在外面偷聽兩人的聲音，現在才走進來。

她慢慢走到麻美身邊。

「麻美……」

她呼喚著。

☕

倉田告訴二美子在兩種情況下可以不帶麻美來——

第一，倉田還活著。

第二，倉田死後，麻美結婚幸福地生活。

然而，倉田死後，二美子找不到時機跟麻美說這件事，一直到日子快到了都還在煩惱。

——麻美幸福地結婚的話，就不用帶她來了。

這句話是二美子的解釋。

——要是麻美沒辦法從倉田死亡的陰影中走出來，沒有結婚的話，就帶她來。

但是麻美已經努力忘記倉田了，只是因為她還沒結婚就把她帶去，二美子不想這麼做。

死人來跟妳見面，這可不是小事，搞不好會破壞麻美今後的人生。

二美子非常煩惱，但想不出辦法解決，也看不出麻美的心意，兩年就這樣過了。

麻美在倉田死後，悲傷了一段時間，但半年之後就回到了原來的生活，二美子看不出她有因為倉田去世而沈浸在悲傷中走不出來的樣子。

然而，光是這樣很難判斷該不該在約好的日子帶麻美去咖啡店。她雖然沒有結婚，但幸福的指標並不是只有結婚，而且倉田死後，她完全沒有聽說過麻美戀愛的傳聞。

不知不覺間，再過一星期就是約定的日子了。

二美子的煩惱沒有結果，最後決定跟先生五郎商量。兩人都是系統工程師，五郎的實力遠遠凌駕於二美子之上，但對於這種男女問題，二美子覺得他應該不太拿手。然而，夫婦之間本該互相傾吐煩惱，她心想就死馬當活馬醫，徵詢他的意見吧。

「我想他應該沒想到妳會這麼煩惱。」

五郎聽了來龍去脈，認真地說道。

二美子把頭傾向一邊，她不明白五郎的意思。

「因為他打心底信任妳。」

「但是我不知道該怎麼辦……」

「不是、不是，他的信賴不是把妳當成女性。」

「咦？你說什麼？」

「他是把妳當成系統工程師來信賴的。」

二美子聽到這句話，不由得「哎？」地叫出聲來。

「他是這麼說的，不是嗎？不用帶她去的條件是：第一，自己沒有死。第二，自己死後，她結了婚幸福地生活……」

「對。」

「要是沒有達成以上兩個條件，就不能繼續進行。以寫程式的角度來看，意思就是……」

「除此之外的情況，就可以進行。」

「正是這樣。所以她可能很幸福，但並沒有結婚，這並不構成不帶她去的條件。」

「……這樣啊。」

「他應該比妳更瞭解那位小姐，所以我覺得，這是他要引導她克服某種創傷的絕對條件喔。」

這麼一說，二美子想起來了——麻美流產的事。

——**只要想到可能還會流產，就害怕得要命。**

二美子聽麻美如此說過。

「反過來說，結了婚但是不幸福，也是有可能的，不是嗎？這樣的話也不符合不帶她去的條件……」

「我明白了！謝謝你！」

二美子說完立刻轉身去找麻美。只要知道該怎麼做，二美子的行動力是很強的。

約定的日子是一星期後，十二月二十五日耶誕節，晚上七點。

當然她沒有跟麻美提到那兩個條件，只說倉田會在那個時間從過去到這裡來。

「我知道了。」

麻美用幾乎聽不到的小聲音喃喃道，神情很慘澹。

倉田來的那一天，麻美沒去上班，也沒有請假，不管誰都聯絡不上她，公司的同事嚼舌根，說她可能覺得過耶誕節比上班重要。

只有二美子知道內情，責備同事們。

「快把自己的工作做好。」

麻美可能也在煩惱到底要不要去見他。

——今天晚上七點，我在那家咖啡店門口等妳。

二美子只傳了這通簡訊給她。

當天晚上，車站前面到處都是耶誕裝飾，燈火輝煌，耶誕歌曲處處可聞，滿街都是過節的人潮。

然而，離車站走路十分鐘距離的咖啡店在辦公大樓間的小巷裡，只有門外的看板上掛著一個小花環，除此之外，跟平常沒有任何不同。門口只有路燈，非常陰暗，跟車站前的歡樂氣氛相形之下，非常寂寥。

二美子站在咖啡店的入口處。

「平常也都這麼暗嗎？」

她呼出白氣自言自語。

傍晚開始飄的雪在小巷中飛舞，二美子撐的傘上也積了雪花。她望向手套和袖口之間的手錶，跟倉田約好的時間剛過不久。

但是，麻美並未出現。

可能是因為下雪電車遲到了，路上也因為積雪而塞車。本來應該高興有個浪漫的白色耶誕節，但今天下雪真是太不方便了。二美子皺起眉頭。

「麻美啊……」

二美子第三次打電話給麻美，還是沒人接。

法。

——不去見他。

麻美可能這麼決定，雖然非常讓人懊惱，但麻美這麼決定的話，也沒有辦法。

——或許我該強硬一點把她帶來的。

二美子既懊悔又抱歉。

——我該怎麼跟倉田說呢……

二美子已經到了店門口，但卻沒法走下去，只能打電話告訴倉田現況。

「啊，倉田嗎？……我是清川。事實上因為種種原因，我一星期以前才跟麻美說你今天要過來。一星期以前。對，嗯，不好意思。我一直翻來覆去想了很多。麻美說：『我知道了。』……嗯、嗯、嗯。但是，她過得很好。大概有半年時間吧，那時她很傷心，但是我不覺得她因為你的事一直消沈。嗯，對不起。我是不是該硬把她拉來呢，我有點後悔。嗯。……哎？啊，對。謝謝。啊，這樣啊、這樣啊。真的很對不起。嗯。那就再見……」

二美子切斷電話之後仍舊站在原地，她還是覺得無法釋懷。

冰冷的雪花繼續飄落。

——**回去吧**。

二美子跨出沈重的步伐。

就在這個時候——

「前輩！」

二美子背後傳來一個女人叫她「前輩」的聲音，她轉過身，看見麻美上氣不接下氣地站在面前。

「麻美！」

「前輩，倉田，還在嗎？」

「我不知道，但是……」

二美子看了看手錶，七點準時來的話，現在已經七點八分。這家咖啡店的規矩是，必須在咖啡冷掉之前喝完。就算運氣好咖啡還沒冷，倉田在跟二美子講完電話之後，也可能立刻就把咖啡喝完。

已經沒有時間了。

「去吧！」

二美子說著推著麻美走下地下一樓。

「前輩，妳的戒指可以借我嗎？」

麻美走到咖啡店的大門前，對二美子說道。那是二美子去年剛得到的寶貝結婚戒指。

——理由之後再問吧。

二美子思忖著，毫不遲疑地把無名指上的戒指拿下來，遞給麻美。

「快點去！」

「謝謝您！」

麻美微微頷首，在喀啦哐噹的牛鈴響聲中走進咖啡店。

麻美望著倉田消失的空中，輕輕嘆了一口氣。

「我沒有忘記倉田……怎麼可能跟倉田以外的人結婚……」

麻美顫抖著低聲說道。

二美子望著麻美。

「嗯。」

她只這麼回答，要是自己置身同樣的立場……

——我一定也是這樣的。

二美子覺得胸口一緊，說不出話來。

「但是，我想起流產的時候他跟我說的話……」

——那個孩子用只有七十天的生命，想讓麻美幸福。

要是妳就這樣不幸下去，那麼，孩子就是用這七十天的生命讓妳不幸了。但要是妳幸福地生活下去，那個孩子就是用了七十天的生命讓妳幸福。這樣，那個生命就有意義了。只有妳能讓那個孩子的生命有意義，所以妳一定要幸福。最希望妳幸福的人是那個孩子啊……

麻美用震顫的聲音斷續地轉述著倉田說過的話。

「所以我覺得，現在或許還不能跟別人結婚，但我一定得幸福才行……」

「麻美……」

「因為我的幸福，就是他的幸福……」

麻美說著把手上借來的戒指拿下來，遞給二美子。

她想讓倉田以為自己結婚了，才借用二美子的戒指，對他撒了謊。

「希望麻美能永遠幸福。」

美紀突然唸出倉田留下的紙條。

麻美不知道倉田寫下紙條的經過，但她應該立刻就聽出這是倉田的話。

在這一瞬間，大顆的淚珠從麻美眼中溢出，她頹然坐倒在地。

「姊姊，妳還好吧？」

美紀不解似地望著麻美的臉。

二美子摟住麻美的肩膀，數停下手上的工作，望著洋裝女子。

那天，流提早關店了。

二美子回到家裡，跟五郎說了咖啡店裡發生的事。

「倉田搞不好看穿了她的謊言也說不定喔？」

聽完二美子的話，五郎如此說道。他把買回來的蛋糕從盒子裡拿出來。

「哎？為什麼？」

二美子皺起眉頭。

「麻美小姐跟倉田說了妳把一切都告訴她了，對吧？」

「是、是沒錯，那又怎樣？」

「要是她真的結婚了，過著幸福的日子，妳就不必把一切都告訴她了，不是嗎？因為那就構成不用帶她去的條件了。」

「啊……」

「明白了嗎？」

「怎、怎麼辦啊，都是因為我跟她說了……都是我的錯……」

二美子臉色慘白，悔恨地低下頭。

「幹嘛？你笑什麼？」

五郎望著她，吃吃地笑起來，二美子明顯地不高興了，五郎慌忙地說對不起。

「沒關係的。就算是謊言，他也知道痲美一定會結婚過著幸福的生活，才什麼都沒有說而回到過去的……」

五郎說著像是要分散她的注意力一樣，把準備好的耶誕禮物遞過去。

「妳也有過相同的經驗，不是嗎？」

「我有嗎？」

「去咖啡店的麻美並不幸福，那是倉田無論如何都無法改變的現實。但是……」

「將來……」

「對。麻美的謊言讓倉田知道，她的心情已經改變了。」

「麻美決定要幸福？」

「對。所以他什麼也沒有說，就回到過去了。」

「……這樣啊。」

「所以我覺得妳可以安心了。」

五郎說著用叉子戳起蛋糕。

「……太好了。」

二美子也鬆了一口氣，塞了一大口蛋糕進嘴裡。

耶誕節的夜晚，靜靜深了。

閉店後……

店裡關了燈，只有耶誕樹上的裝飾小燈在發光。

數算完帳，換了便服，走到洋裝女子面前。她並沒有任何特別的目的，只是呆呆地站在那裡。

喀啦哐噹。

「妳還在啊……」

流背著在外面玩雪累到睡著的美紀走進來，對數說道。

「……嗯。」

「妳在想倉田先生嗎？」

數沒有回答他的問題，只望著趴在流背上呼呼大睡的美紀。

流也沒有繼續問下去，走過數的身邊。

「我覺得要嬸嬸也是同樣的心情……」

流彷彿自言自語般地說道，走進裡面的房間。

安靜的店裡只有矗立在中央的耶誕樹上的燈飾，在數背後閃閃發光。

要去見去世的先生那天，是當時七歲的數替要泡了咖啡，當時流並不在場，他是後來聽要的朋友說的。

「要可能覺得『在咖啡冷掉之前』的意思是變得跟冷水一樣。但只要低於人體的溫度，也會有人覺得算是冷了。這裡的規矩到底怎樣才算『冷掉』，根本沒有人知道。要是不是以為咖啡還沒有冷呢……」

要的朋友靜靜地說。

但事情的真相無人知曉。

「阿數完全沒有錯。」

大家都如此對年幼的數說道。

——是我替媽媽泡了咖啡……

數的心裡卻總是這樣想著，她無法忘懷這個事實。

——害死媽媽的人，是我……

這個事實隨著日子過去，漸漸變得偏頗了。

天真無邪的數失去了笑容，像夢遊患者一樣徬徨，日夜徘徊。她曾經在茫然自失的情況下，走到路中間被車撞倒，跌進冬天的河裡。然而，她自己並沒有想尋死的念頭，一切都是無意識的，而數在下意識中不斷地責怪自己。

三年之後的某一天，數站在平交道的前面，她臉上並沒有決心尋死的樣子，只是平靜地望著發出響聲的警報機。

西沈的夕陽將街景染成橘黃一片。

而她背後有結束購物回家的母子和放學的學生，大家都在等待柵欄抬起來。

「媽媽，對不起啦。」

人群之中突然有個小孩說道。那是小孩因為開玩笑惹媽媽不高興，急忙道歉的平常對話。

「媽媽……」

數望著那對母子喃喃道，身體也不由自主地往柵欄走去。

就在那個時候——

「帶阿姨一起走，好嗎？」

在附近開繪畫教室的絹代，站在數旁邊這麼說。

絹代在要回到過去的那天，剛好在當場。從那天開始，數臉上再也沒有笑容，讓她非常痛心，她一直都在旁邊默默地守護著數。

然而在此之前，不管說什麼都無法安慰數。「帶阿姨一起走」是她看著數痛苦卻無能為力，只能這樣表示自己會一直陪在她身邊。

年幼的數覺得自己得為母親的死負責而痛苦萬分。若是無法讓數脫離苦海，那就陪她一起去找要吧，一起跟要低頭道歉吧。

「帶阿姨一起走」這句話卻讓數有了前所未見的反應，絹代的話讓她在要死後，第一次痛哭出聲。

絹代不知道數的心境有了怎樣的變化，她只知道在此之前，數一直都獨自苦惱，但並沒有尋死的念頭。

電車哐噹哐噹地從眼前駛過，絹代一直摟著數，撫摸她的頭髮，直到她停止哭泣。

不知何時，兩人已然被暮色包圍。

從那天起，數再度為想回到過去的客人泡咖啡了。

咚——咚——

店裡三座落地鐘中間的一座，敲響了凌晨兩點的鐘聲。

深夜的店裡被寂靜籠罩，天花板上的吊扇也無聲地慢慢轉動，要今天也仍舊默默看著數給她的小說。

數簡直像是店裡的擺飾一般，一動也不動。

一行清淚從她臉頰上滑下……

第四話　【夫婦】

嚴冬過後，春意到來之時，人們總會覺得非常幸福。

然而，春天並不是突然來臨的。並沒有昨天還是冬天，今天就是春天這樣明確的界線。

春意隱藏在嚴冬之中，人們以眼睛、肌膚和感覺尋找出春天，新芽、和風及暖陽昭告了春天的到來。

春天和冬天同在……

「還在介意要嬸嬸啊……？」

坐在櫃臺座位的時田流一面靈活地用紙巾折紙鶴，一面自言自語般地喃喃道。

流的自言自語是對著在他背後擦桌子的時田數說的，數只默默地擦桌子，調整糖罐的位置。

要是數的母親，回到過去就沒有再回來了。

流把第七隻紙鶴放在桌上。

「我覺得，應該要生下來。」

他說著用細細的眼睛望著繼續工作的數。

「要嬸嬸一定也……」

喀啦哐噹。

牛鈴應著流的話聲響了，但流跟數都沒有說「歡迎光臨」。

這家咖啡店推開裝著牛鈴的大門之後，還有一點空間，牛鈴響了並不會立刻看到來者是誰。

流默默地望向入口。

過了一會兒，萬田清慢慢地走進來。

清是個老警察，今年春天退休了，他像是昭和時期[*8]的警匪劇裡走出來的

*注8：昭和，日本年號，一九二六～一九八九。

角色一樣，穿著長風衣，戴著破舊的鴨舌帽。雖說是警察，但從他身上感覺不到強硬的氣息。他跟數差不多高，臉上總是掛著笑容，給人的印象很好，就像是平凡的鄰家伯伯。

落地鐘的指針指著七點五十分，這家咖啡店八點關門，清好像為自己在關門前闖入感到不好意思。

「……我可以進來嗎？」

他問道。

「可以的。」

數跟往常一樣平靜地說道，而流只微微點頭。

清平常一進來就坐在離入口最近的位子，叫一杯咖啡，但今天他沒有坐下，只默默地站著。

「請坐。」

數在櫃臺後說著，放下水杯，請清坐在櫃臺的位子上。

清抬了一下破舊的鴨舌帽。

「謝謝。」

他回道，在三個櫃臺位子最外面的那個坐下，他和流中間有一個空位。

流把折好的紙鶴仔細收起來。

「您要咖啡嗎？」

他站起來打算走進廚房。

「啊，今天不用了……」

清阻止要走進廚房的流，視線轉向洋裝女子，流順著清的視線望去，細細的眼睛瞇得更細了。

「咦？」

「其實我是要把這個……」

清從公事包裡拿出一個鉛筆盒大小，用包裝紙包著的小盒子。

「給我太太的……」

「那是……」

數覺得那個盒子很眼熟，她望著清的手，喃喃說道。

「對，是您替我挑的項鍊。」

清不好意思地隔著鴨舌帽抓抓腦袋。

去年秋天的時候，清想送太太生日禮物但不知道送什麼才好，曾經跟數商量，數建議說：「項鍊如何？」但到頭來他沒法自己決定，還是數陪他一起去買的。

「本來約好要在這裡送給她的，但那天突然有工作走不開，就沒交給她……」

流聽見清的話，望著數。

「所以，您想回到尊夫人生日那一天……？」

他問道。

「對。」

清回答。

流咬住嘴唇，沈默下來，雖然只有兩三秒鐘，但店裡非常安靜，在清感覺起來沈默可能很久。

「不用擔心，規矩我很清楚……」

他急忙加上一句。

即便如此，流還是皺著眉頭，一言不發。流這種態度讓清難以理解。

「怎麼了嗎？」

他不安地詢問。

「不好意思……」

聽他這麼說，流回應道。

「……但這禮物，不用特地回到過去給吧？」

他帶著歉意小聲地說。

「哈哈哈，的確如此……是沒錯啦……」

清聽到流這麼說，應該明白剛才的沈默是為什麼了，搔著腦袋說道。

「對不起。」

流急忙低頭道歉。

「沒事、沒事，沒關係的……我沒好好說明，是我不對……」

清說著拿起數給他的水杯，喝了一口水。

「……說明？」

流反問。

「對。」

清回道。

「……我是剛好在一年前，知道這家咖啡店可以回到過去的……」

他繼續說下去。

清的「說明」從他第一次到這家咖啡店時開始。

☕

喀啦哐噹。

清走進咖啡店裡，看見最裡面的座位上有一位老太太，和一個滿臉通紅正在哭泣的男人，櫃臺座位上坐著一個小男生，櫃臺後則是一個身高將近兩公尺的店員。

那個高大的店員並沒有招呼他，只凝視著最裡面桌位上相對而坐的兩個人，只有小男生一面用吸管喝柳橙汁，一面看著清。

——走進店裡沒人招呼我，也不是什麼值得生氣的事情，一會兒就會有人注意到我了吧……

清這樣想著，對小男生點點頭，在離入口最近的桌位上坐下。他才剛坐下，裡面位子上哭泣的男人突然被熱氣包圍，然後像是被天花板吸進去一樣消失了。

——哎？

清睜大了眼睛，看見男子消失的座位上出現一個穿著白色洋裝的女人，這一幕簡直像是魔術表演一樣。

——發生什麼事了啊？

清驚愕萬分，老太太對白衣女子說了些什麼？

「接下來就只要阿數能幸福就好了……」

清只聽到這句話。

那位老太太是三田絹代，消失的男子是絹代的兒子幸雄。

因為這件事，清知道了這家咖啡店真的是「能回到過去的咖啡店」。他聽數和流說過，要回到過去有很多非常麻煩的規矩，但明知道這些規矩還是有人要回到過去，讓清覺得很驚訝。

——回到過去無論如何努力，也不能改變現實。既然這樣為什麼……

清對明知規矩還是要回到過去的人感到興趣。

「……我知道我很沒禮貌，但我調查了在這家咖啡店回到過去的人。」

清對著走回廚房的流和櫃臺後面的數微微頷首。

「根據我的調查……」

清取出黑色的小筆記本，繼續說明。

「……在這三十年間，坐在那個位子上回到過去的，總共有四十一個人。去年去見戀人、丈夫、女兒等等，目的都有不同，其中有四位去見過世的人。去年有兩位，七年前一位，然後就是二十二年前，您的母親……總共四個人。」

「您從哪裡打聽到這些的？」

清的話讓流臉色鐵青，他激動地問道。

數則跟流相反，面無表情地望著空中。

「……絹代女士去世前跟我說的。」

清慢慢地深吸一口氣，帶著歉意說著，並望向數。

數聽到清的話，垂下了眼瞼。

「最後她說，她把您當自己的女兒看待。」

清這麼說。數慢慢地閉上眼睛。

「我覺得很奇怪。這家咖啡店的規矩不管如何努力都不能改變現實，這四位為什麼還是去見了去世的人……」

清翻過筆記本的一頁。

「七年前，有一位女士去見了因為車禍身亡的妹妹。她叫做平井八繪子……您們認識吧？」

清問道。

「嗯。」

只有流回答。

平井的老家在仙台，經營一家歷史悠久的旅館。平井身為長女，理應繼承旅館，然而平井不想繼承家業，十八歲的時候就離家出走，跟父母斷絕了關係，平井的妹妹年復一年地來勸她回家。有一年，平井的妹妹在來找平井後回家的路上發生了車禍，就此天人永隔。

平井為了跟妹妹見面，回到了過去。

「她從過去回來之後，立刻回到老家繼承了旅館。我到仙台去直接跟她見了面。」

在那之後已經過了七年，平井早已成為出色的旅館老闆娘。

「我失禮地問她：『您明知道現實不能改變，為什麼還決定要去見去世的妹妹呢？』她一面哈哈笑著，一面這麼回答我。」

——要是我因為妹妹的死而不幸的話，那就成了妹妹是為了讓我不幸才死的，不是嗎？所以我不可以不幸福。我發誓絕對要幸福！因為我的幸福，就是妹妹活過的證據……

「我聽到她這麼說，才發現自己誤會大了。我一直以為我太太既然死了，我怎麼能夠自己一個人過著幸福的日子呢。」

清說著望向自己手中的禮物。

「尊夫人，去世了啊……？」

流低聲問道。

「……是啊。已經是三十年前的事了。」

清好像想一掃沈重的氣氛，他靦腆地說道。

「……所以，這是送給去世尊夫人的生日禮物？」

聽到他的話，數反問。

「……對。」

清回答，他望向中間的桌子。

「……那天，我們約在這家咖啡店見面，結果我因為工作沒辦法來。當時沒有手機這種東西，我太太一直在這裡等到咖啡店關門。……她在回家的路上碰到了強盜事件……」

清說著把鴨舌帽重新戴好，帽沿壓得低低的。

「對不起，我不知道，還對您非常失禮……」

流低頭對清道歉，因為他剛才說：「禮物不用特地回到過去給吧？」

——**我應該先聽他解釋的，那樣說實在太輕率了……**

流心想。當然，他不知道清的妻子已經去世，這也是沒辦法的事。

「不、不，是我沒有一開始就說明清楚……不好意思。」

清也慌忙低下頭。

「……要是我按照約定來這裡見她的話，我太太可能不會死也說不定。這三十年間，我一直非常後悔。但是……」

清停頓了一下，慢慢地望向數。

「……就算後悔，去世的人也回不來了。」

他說道。

流聽到清這麼說，睜大了細細的眼睛，凝視著數。

——**阿數……**

流可能想叫她，但卻發不出聲音。

數只茫然地望著洋裝女子。

「……這樣的話，至少想把這份禮物在太太還活著的時候，送到她手上……」

清愛憐地望著裝著項鍊的盒子，靜靜地說道。

咚——、咚——、咚……

落地鐘報時的鐘聲響了八次。

「請讓我回到那一天……三十年前，我太太最後一次生日的那一天。拜託了。」

清從櫃臺的位子上起身，深深地低下頭請求道。

「清先生，其實啊……」

然而，流仍舊無法釋然，他可能覺得難以啟齒，斟酌著言詞。

「……那個……嗯……」

清把頭傾向一邊望著流。

「因為某種原因，我泡的咖啡已經不能讓人回到過去了。」

數跟往常一樣平靜地說道。

流躊躇著說不出口的話，數簡直像是在說：「今天午餐已經賣完了。」一樣，稀鬆平常地就說出來了。

「啊……」

數的話讓清吃了一驚。

「……這樣啊。」

他喃喃道，慢慢閉上眼睛。

「清先生……」

流好像想說什麼，清轉向他。

「啊，沒關係的……可能有什麼困難這一點，我走進店裡的時候就感覺到了。」

他露出笑容說。

「很遺憾，但也沒辦法……」

清應該是極力不露出遺憾的樣子，他別開臉，眼神也游移不定。

平常大家應該都會問為什麼不能回到過去了，但是清並沒有問。他幹了一輩子警察，問了也不會有答案這點，他還是感覺得到。

這樣的話，再待下去也沒有用，也不好再讓這兩人為自己費心。清微微頷首致意。

「……已經到關門的時間了吧。」

他說著拿起放在櫃臺上的公事包，打算把禮物放回去。就在這個時候——

啪答——

洋裝女子闔上小說的聲音在店裡迴響。

清不由得「啊」地叫出聲來。

洋裝女子慢慢站起來，悄然無聲地走向洗手間。

那個位子空出來了。只要坐在那個位子上，就能去到想去的時間點。

清凝視著那個空出來的位子。

——**但是沒有人泡咖啡。**

「……那我就告辭了。」

他想起來了，雖然很可惜，但執著於辦不到的事一點用也沒有。

清對數和流低頭道謝，打算離開店裡。

「清先生。」

流叫住清。

「那份禮物，請交給尊夫人吧。」

流的話讓清露出難以置信的表情。

「……但是數小姐泡的咖啡已經不能回到過去了，不是嗎？」

「沒問題的……」

「……這是怎麼回事？」

清花了一年的時間，為了回到過去調查過所有的規矩。

回到過去的咖啡，只有時田家的女人能泡——他聽說過這條規矩。

「請等一下。」

流拋下一句話，走進裡面的房間。

清疑惑地望著數。

「時田家的女人，不只我一個人……」

數不動聲色地回答。

——難道這家店裡，還有我不認識的女人嗎？

清思忖道。

「喂，動作快點。」

流的聲音從裡面的房間傳來。

「終於啊——輪到ＭＥ出場了呀？」

一個女孩子用奇怪的腔調回答。

「……啊。」

這個聲音很耳熟，清忍不住叫起來。

「讓您啊——久等了呀——」

美紀說著從裡面的房間走出來。

清一直以為只有成年女性才能泡咖啡。

「是YOU嗎？想回到過去的人？」

「喂，拜託妳，用日文好好說話……」

流無奈地說。

美紀嘖嘖嘖地搖晃著食指。

「那是不行滴——因為人家，不是日本人的說——」

她反唇相譏。流好像早就料到美紀會這麼說，他刻意皺起眉頭。

「啊——真可惜！我們店裡的規矩是只有日本人才能泡回到過去的咖啡啊——」

「人家騙你的！美紀是日本人！」

美紀轉了一圈讓他看，絲毫沒有反省的意思。

流嘆了一口氣。

「好啦、好啦，我知道了。快點去準備。」

他揮手示意美紀到廚房去。

「好——」

美紀精神飽滿地回答，很快走進廚房。

數好像不在現場一樣，默默地站在一旁，看著父女兩人。

「數，去幫她一下吧……」

流叫喚著數說道。

「嗯。」

她回應了一聲，對清示意，然後靜靜地走進廚房裡去了。

「對不起……」

流望著數的背影，然後轉向清低下頭說道。清想回到過去，是要見去世的太太，但美紀卻一直胡鬧，他是為此道歉吧。

但是清完全不介意，美紀和流的一來一往讓人發出會心的微笑，更何況能回到過去，就夠讓他高興的了，他感覺自己的心跳加速。

「……沒想到是美紀要幫我泡咖啡。」

清凝視著那個座位說道。

「因為上星期她滿七歲了……」

流望著廚房說道。

「啊，這麼說來……」

清聽到流這麼說，想起來自己聽說過——**就算是時田家的女人，不滿七歲也沒辦法泡回到過去的咖啡。**

這件事他已經聽數說過，但卻不覺得有什麼重要性，到現在才想起來。

清再度望向能回到過去的座位，慢慢走過去。

——可以回到過去了。

這麼想著就讓清的胸口發熱，他轉身看著流。

「請坐……」

流說道。

清深吸了一口氣，慢慢在椅子上坐下，心臟跳得更快了。他坐下來後，拿出剛剛放進公事包裡的禮物，那是數跟他一起去選的項鍊。

「……清先生。」

流一面留意廚房方向，一面走向清。

「什麼事？」

流彎腰把手放在清耳邊。

「……美紀那傢伙，是第一次泡回到過去的咖啡，該說她幹勁十足還是太興奮了……總之，可能沒辦法把規矩都說明清楚。真的很不好意思，這是她第一次擔任這個工作，可以請您，怎麼說，配合她嗎？」

他好像說悄悄話似地小聲地對清說。

「當然，沒問題的。」

流的父母心清很明白，他對著彎著腰的流微笑說道。

不一會兒，美紀發出啪答啪答的腳步聲，從廚房回來了。

美紀並沒有穿著跟數一樣的侍酒師圍裙，也沒繫領結，她穿著自己喜歡的淺粉紅色洋裝，繫著連身圍裙。這條連身圍裙是以前美紀的母親計穿的，流替她改過了。

美紀雙手端著托盤，托盤上面放著銀咖啡壺和純白咖啡杯，隨著美紀搖搖晃晃地前進，杯子發出喀喳喀喳的聲響。

數在廚房門口默默地望著美紀，美紀走到了清面前。

「美紀，從今天開始，妳的工作就是代替數，為坐在這個位子上的客人泡咖啡。知道了嗎？」

流帶著複雜的表情對著她說道。

——這一天終於到來了。

天真無邪的女兒負起這項特別的任務，對流來說，簡直像是女兒出嫁一般，心情百味雜陳。

然而，美紀並不明白父親的心情，她全副注意力都放在小心不打翻托盤，哪裡顧得了其他。

「哎？你說什麼？」

她慌亂地問道，流的深意和事情的重要性她都還不明白。

——畢竟還是小孩子啊。

流看著她努力的樣子思忖著。

「沒事、沒事……」

他帶著笑意嘆了一口氣。

「加油。」

接著流瞇起眼睛，又補上一句。

「……您知道規矩嗎？」

美紀根本沒聽到流說的話，她自顧自地開始對清說明。

清瞥了流一眼，流無言地微微點頭。

「可以請妳說明嗎？托盤跟杯子先交給我。」

清望向美紀，他客氣地說道。

美紀用力點頭，把托盤交給清，拿著銀咖啡壺開始說明規矩。

清本來就知道規矩，美紀的說明兩三分鐘就結束了，但她忘記說不能離開座位，說明過程也不是很清楚。

——這也在意料之中，沒關係啦……

流在旁邊心想，但也就任她去了。

美紀可能覺得自己的說明很完美，轉向流得意地一笑。

「很棒喔！清先生在等妳呢……」

流立刻稱讚她，並催促道。

「瞭了！」

美紀高興地回答，再度轉向清。

「這樣可以了嗎？」

在此之前，數說這句話的時候，氣氛嚴肅到讓人覺得店裡的氣溫突然下降的程度。

然而美紀不是這樣，她柔和的笑容像是媽媽凝視小寶寶一樣溫柔，看起來簡直不像七歲的少女。

要是人的眼睛能夠看到不同氛圍的話，那數就是淺藍色，美紀一定是橘色，她周圍的氣氛就是如此溫暖柔和。

看見美紀的笑臉，清有了室溫微微上升的錯覺。

——好像春天的太陽一樣舒服……

他心想。

「拜託妳了。」

他低下頭。

「好的。」

美紀回道。

「那就，在咖啡冷掉之前！」

她精神飽滿的聲音在店裡迴響。

——聲音太大啦……

美紀把銀咖啡壺舉得比頭還高，開始倒咖啡，咖啡像一根黑色的細線一樣注入純白的咖啡杯裡。

對七歲的美紀來說，裝著咖啡的銀壺應該有點重吧，她努力用單手拿著壺倒咖啡，但壺口搖搖晃晃，咖啡從杯裡濺到碟子上。

美紀自己非常認真，但並不像數倒咖啡時那麼嚴肅，她拼命的樣子讓人心生憐愛。

清望著美紀，不知不覺間，咖啡已經倒滿了，一道熱氣裊裊上升。在這瞬間，清周圍的景色開始搖曳晃動。

「頭暈」對六十歲的清來說，通常意味著身體狀況不良。

——怎麼在這麼重要的時候……

他心想，怨嘆起自己不走運。

不過，那只是一瞬之間，清立刻發現自己的身體變成了熱氣，雖然嚇了一跳，但也因此明白頭暈並不是身體出了什麼毛病所致，他鬆了一口氣。

他整個人開始慢慢飄浮起來，周圍的景色開始從上到下流轉。

清「啊！」地叫了一聲。並不是因為驚訝，而是因為他到現在才想起來，自己根本沒想過要怎樣把禮物送給死別三十年的妻子。

——公子應該不知道這家咖啡店可以回到過去才是……

清在逐漸朦朧的意識中，思索著要怎樣把禮物送出去。

☕

清的妻子公子，是一位極富正義感的女性。她跟清在高中的時候認識，兩個人打算一起成為警察。

雖然兩人都通過了警校考試，當時女性警察還非常罕見，公子最後沒當上警察。清則從基層派出所做起，工作表現備受好評，三十歲時就被配到警視廳刑事部搜查一課。那是兩人結婚第二年的時候。

清終於成為警察，可以大展身手，公子打心裡高興。然而，清覺得自己不適合當警察，很是煩惱。

說來清的個性溫和，想當警察是因為希望能幫助別人，同時也是受到想當警察的公子影響。

真的當上了刑警，對清來說，日子很不好過。

清所屬的搜查一課，是專門調查殺人和傷害案件的部門，負責調查的警官不得不正視為了私欲而強盜殺人等等人性醜惡的一面。

清沒有堅強到能靠信念和使命感承受這樣的現實。

——這樣下去，我會崩潰的。

這種危機感讓清萌生「辭職不幹警察了」的想法，他打算對公子坦白。在家裡他怎麼也說不出口，於是想藉著公子生日為由，打算叫她來這家咖啡店，然後告訴她。

但是，這天他卻因為突發的工作不能來。

——那就改天再說吧……

清選擇了討厭的工作，而沒去咖啡店赴約。結果公子捲入強盜事件，離開了人世。

這只能說是「不幸的意外」。

過了約好的時間清沒有出現，公子一直等到咖啡店關門。

咖啡店關門後，公子右轉走進小巷，雖然那裡很暗，但卻是通往車站的捷徑。她在走向車站的途中，碰到一位老太太遭人搶劫。

犯罪行為在眼前發生，充滿正義感的公子不可能置之不理。

公子慎重地接近強盜，打算出聲制止。要是突然大聲叫喊，強盜驚慌之下，不知道會對老太太做出什麼事來。

強盜手裡拿著一把刀，但是她有自信能吸引強盜的注意，說服他不要行搶。

就在這個時候，公子對面有個男人的聲音大叫：「喂！你在幹什麼！」強盜聽到那個聲音，猛然推開老太太，朝公子的方向跑來。

強盜想從公子的身邊跑過，但可能是太激動了，腳扭了一下，手裡握著刀子撞到公子身上。

強盜拿的是一把折疊刀，雖是銳器，但穿著大衣的話，就算被刺到也不會致命。但是強盜撞過來的時候，刀子剛好劃過了公子裸露的脖子，刺中頸動脈。

公子因為失血過多而死亡。

——要是我能遵守約定的話……

這件事讓清受到非常大的心靈創傷。

在那之後，他只要經過這家咖啡店門口，都會心跳加速。這種精神層面的心靈創傷，也影響到身體狀況。

心靈創傷肉眼看不到。

總之，像清這樣覺得「重要的人是被自己害死的」，這種創傷是無法輕易痊癒。

死者是無法復生的，但清卻無法不這麼想。他認為是因為自己沒有赴約，所以害死了公子。就算理智上知道「事情不是這樣」，但心理卻無法接受。

——我不能拋下死掉的公子，自己過著幸福快樂的生活。

不知不覺間，他開始這麼想。

然而，清見過在這家咖啡店回到過去的人之後，想法開始有了改變。

☕

「啊，真的有人出現了。」

男人的聲音讓清回過神來，回到過去的時候，他失去了意識。

櫃臺後面有個好像會在大學實驗室裡做實驗般的男人，繫著不合適的連身圍裙，盯著清觀察。

清跟男人微微點頭示意，男人有點手足無措。

「要、要……」

他叫喊著，啪答啪答地走進裡面的房間。

——這個打工的真靠不住，是新人嗎？

清一面想著，一面慢慢望著店內。

雖說是三十年前，店的內裝跟現在幾乎沒有差別，有個形容詞叫「分毫不差」，說的就是這種感覺。

——回到過去了。

然而，讓清覺得確信，是因為剛才男人叫了「要」。絹代跟他說過，那是數的母親的名字。

除了清之外，店裡沒有其他客人。

清茫然坐了一會兒，有個女人從裡面的房間走出來了。她穿著一件白領花洋裝，暗紅色的連身圍裙，明顯懷孕了。

——這個人就是……

「歡迎光臨。」

懷著數的要笑著說道。她對清頷首示意，開朗的表情，跟變成幽靈坐在這個位子上的要，完全判若兩人。

跟任何人都能夠融洽相處，是馬上就能熟稔起來的類型——這是清對要的第一個印象。

躲在要後面的男人像見了鬼一樣偷瞥著清。

「我突然出現，嚇到你們了吧？」

清刻意表示歉意說道

「對不起，我先生第一次看見這個位子上有人……」

要嘴裡說著「對不起」，但卻嘻嘻地笑著。

男人也覺得自己狼狽的樣子很丟臉吧。

「對不起……」

他也紅著臉小聲道歉。

「沒事、沒事。」

清回道。

——好像很幸福。

他心想。

「您是來見什麼人的嗎？」

要問道。

「嗯。」

清回答。

要望著店內，臉色一暗。

「沒關係的，我知道她什麼時候會來……」

清立刻說道。他望向店內三座落地鐘中間那一座，他知道只有正中央的落地鐘時間是正確的，也知道他等的人什麼時候會來。

「這樣啊，那就好……」

要鬆了一口氣，露出微笑，站在後面的男人仍舊稀奇地盯著清看。

「您先生沒見過您泡咖啡嗎？」

清突然想起來反問。公子還要過一會兒才會來，不知怎地，他想跟數的母親說說話。

「我先生只在不上班的時候才會來店裡幫忙，而且現在我泡的咖啡，不能讓人回到過去了……」

聽到清的問題後，要如此回答。

——這麼說來，數小姐好像也說過類似的話……？

「您泡的咖啡不能讓人回到過去了？為什麼呢？」

清不由得脫口問道。可能是當警察的習慣，就算來到了這樣的地方，都不能忍住不發問，他在心裡苦笑。

「因為有了這個孩子……」

要把手放在大肚子上，她高興地微笑。

「哎？」

要的回答讓清吃了一驚。

「是這樣嗎？」

「懷的是女孩子的話，這種能力在懷孕的時候就會由肚子裡的孩子來繼承了……」

——竟然是這樣！

清睜大了眼睛。

「……難道要等您肚子裡的孩子七歲的時候，才能夠泡回到過去的咖啡嗎？」

「就是這樣。您很清楚呢！」

清沒仔細聽要的回答。

——數小姐也懷孕了，但她完全沒有高興的樣子……

數若覺得懷孕是件值得高興的事的話，應該也會像現在眼前的要一樣，露出笑容吧。然而，她並沒有……

——難道是……

清開始思索。這個時候——

喀啦哐噹。

牛鈴響了。在此同時——

咚——、咚——、咚……

落地鐘響了五次，公子抵達的時間到了。

清的腦袋一下子因為數和公子的事情混亂起來。

「您等的人來了吧？」

他聽見要平靜的聲音，決心先解決自己到這裡來的目的，他深呼吸了一下。

「好了……」

要聽到清這麼說，對先生使了個眼色，她先生自己走進裡面的房間。要不希望清和清來見的人被別人打攪。

入口處還看不見人影，但是已經感覺到有動靜。

——公子會認出我嗎？

清的心跳加快了。

公子並不知道這家咖啡店能回到過去，她無法想像六十歲的清會來見她，應該也不會認出他吧。

但是，清還是把破舊的鴨舌帽戴正，等待公子走進來。

「歡迎光臨。」

要說道。過了一會兒，公子進來了。

——公子……

清微微抬起頭，望向公子。

公子望著店內，慢慢地脫下春天的薄外套，在三張桌子的中間那張坐下，公子肩榜上的櫻花花瓣悄然飄落。

清抬起頭，直視著公子的臉，要端上水杯。

「可以給我一杯咖啡嗎？」

公子說道。

「熱咖啡好嗎？」

「好的。」

「知道了。」

要瞥了清一眼，和清視線相交的時候，得微微一笑

「我們的咖啡是現磨的，得花一點時間，這樣可以嗎？」

她以輕快的聲音對公子問道。

「沒有關係，我等人。」

公子客氣地回答。

「那就，您慢慢來……」

這句話要是對清說的，她帶著愉快的表情走進廚房。

店裡只剩下清和公子兩個人，兩人隔桌面對面坐著。

清伸手拿咖啡杯，一面看著公子的臉。

三十年前是泡沫經濟的全盛時期，時尚豐富多變，年輕女性穿著花色鮮豔的衣服在街上穿梭。

然而，公子對流行沒有興趣，今天也只穿著春天的薄外套和咖啡色的毛衣、灰色的長褲，打扮十分樸素。她披肩的頭髮在腦後綁成馬尾，挺直腰桿的坐姿，看起來正經嚴肅。

清從鴨舌帽下望出去，立刻和公子視線相交，公子隨即露出笑容。

「您好。」

她出聲招呼。

公子並不怕生，對方比較年長的話，那當然應該由自己先打招呼。清也對她點頭，但她好像沒有發現眼前的老人就是清。

——這樣說應該可以吧……

「您是萬田公子女士吧？」

清開口問道。

「哎？」

不認識的老人叫出自己的名字，公子有點驚訝。

「哎，我是……您是哪位？」

她反問。不愧是曾經打算當警察的人，就算面對意料之外的狀況，也能冷靜應對。

「其實，萬田清有東西託我交給妳……」

「我先生嗎？」

「是的。」

清應道，拿著準備好的禮物，打算站起來。

「啊啊啊啊啊啊啊啊！」

有人對著清大叫起來。

「這——這樣不行吧——」
要捧著大肚子走過來，清和公子都瞪大了眼睛。
「大叔，剛剛不是說扭到腰動不了嗎？」
要說著對清眨眼睛。
「啊……」
清完全忘記了「回到過去也不能離開這個座位」的規矩，如果站起來的話，就會瞬間回到現實。
「哎喲，痛啊……」
清慌忙地伸手扶著腰，把臉皺成一團，做出腰痛的樣子，雖然一看就知道是假的，但公子毫不懷疑。
「啊，扭到腰？您還好嗎？」
她擔心地問道，站起來走到清的桌旁。
「沒、沒事……」

清回答。看見對陌生人都如此熱心親切的公子，清不由得眼眶一熱。

公子無論對任何人都是真心關懷、溫柔相待，她並不迷惘，也不猶豫。有人會說這是偽善，是多管閒事，但公子從不介意。在電車上她會讓座給孕婦和老人，要是路上有人碰上麻煩，她一定會幫忙。

這跟她想成為警察並沒有關係，公子天生就是這樣的人。清從高中的時候開始，就非常為她這種魅力著迷。

「真的沒事嗎？」

公子關心地又問了一次。

「嗯，沒事。」

清垂下視線，尷尬地回道。

他不是害怕謊言被拆穿，只是公子的溫柔太令他懷念，他太感動了。

「您要多小心。」

要也溫柔地對清說。

「咖啡也請趁熱喝……」

她加上一句，再度回到廚房。

「不好意思。」

清抱歉地對公子說，他低下頭，然而公子並沒走回自己的座位。

「……我先生託付您的東西，是這個嗎？」

她望向清手上的盒子。

「啊，是的……」

清慌忙把手上的禮物遞出去。

「會是什麼呢？」

公子接過盒子，兩眼發光說道

「您生日吧？」

「哎？」

「今天。」

「啊……」

公子驚訝地睜大了眼睛，望著手上的盒子。

「……他說是禮物。他說，突然得去山形工作……，就在您來的三十分鐘之前，所以拜託我把這個交給您……」

當時還沒有手機，連傳呼機BB.Call都沒有。如果要取消約會的話，只能打電話到約好見面的店裡叫人，或是拜託朋友轉告。無法這麼做的時候，等上幾個小時都有可能。

清因為工作的關係，常常會有突發狀況，跟公子約好見面不能來的時候，也曾經拜託不認識的人轉告。因此，當公子聽到不認識的老人說：「您先生託我把禮物給您。」也沒有露出驚訝的神色。

「……這樣啊。」

公子喃喃道，拆開包裝紙，裡面是一條鑲著一顆小小鑽石的項鍊。

在此之前，清從來沒有送過公子生日禮物。

工作很忙，無暇顧及其他是理由，此外，就是公子對自己的生日有點心結。

公子生日是四月一日，西洋愚人節。正因如此，小時候常常收到朋友的禮物，說：「生日快樂！」之後才說：「騙妳的！」這樣取笑她。

開玩笑的人並沒有惡意，但公子在收到禮物覺得很高興之後，聽到「騙妳的！」總是非常傷心。

清在高中的時候就親眼見過公子傷心的樣子——

四月一日，櫻花滿開的春假。

班上同學慶祝公子生日，送禮物給公子，然後說：「騙妳的！」當然，她的朋友沒有惡意，也確實送了禮物。公子笑著說：「謝謝。」但清看見公子臉上一閃即逝的難過神情。要不是他喜歡公子的話，很可能就看不出這瞬間的表情變化。

清和公子成為戀人之後，公子總是找藉口說已經有約什麼的，避開收禮物的場合。

即便如此，清還是想替她慶祝最後一個生日，所以才回到過去。

公子目不轉睛地凝視著項鍊。

「生日快樂……」

清低聲說道。

公子驚訝地望向清。

「是我先生這麼說的嗎……？」

「哎？嗯，對……」

聽到清的回答，公子的眼中溢出大顆的淚珠。

公子的眼淚讓清動搖了，從認識到現在他沒有見過公子流淚。清認識的公子，一直都是意志堅定的女強人，因此清不明白公子為何流淚。

「怎、怎麼啦？」

清畏畏縮縮地問道。

他不知道陌生人問這種問題公子會不會回答，但還是不能不問。

「對不起。」

公子喃喃說道。她回到自己的座位旁，從皮包裡拿出手帕，擦拭眼淚。

清不安地望向公子。

「其實今天，我打算跟先生提出離婚……」

公子輕輕抽咽，勉強裝出笑臉回道。

「……咦？」

清以為自己聽錯了，他作夢也沒想到公子會這麼說。

——與其說是回到過去，我是不是完全到了別的世界了？

他備感震驚地思忖道。

「啊，哎……」

清覺得自己好像該說些什麼，但卻說不出話來，他伸手拿起咖啡啜飲，咖啡溫度確實比剛才低了。

「要是您不介意的話，能詳細跟我說嗎？」

他衝口而出，這是清調查案件時常說的話。

公子聽著吃吃笑起來。

「這有點像警察問話啊？」

她紅著眼睛調侃說道。

「如果您不介意告訴我的話……」

聽她提到警察，清頓時一驚，但他非常介意公子哭了，這樣下去他沒法回去的。

人有時候只想跟熟人吐露心事，但有時候也會想跟陌生人傾訴。

清只說：「如果您不介意告訴我的話……」，就沒有繼續追問，只等著公子主動開口。他不會緊迫盯人，雖然沒有時間了，但清還是下了這個賭注。

公子站在自己的座位前面。

打破沈默的是隨著剛泡好的咖啡香味出現的要。

「……放在這裡可以嗎？」

要趁此機會，把公子點的咖啡放在清的桌上，而不是公子原來的桌位，但她也沒有疑惑的樣子。

「好的。」

公子回答。

要把咖啡和帳單放在清的桌上，默默地走回廚房。

公子拿著皮包，走到清的桌邊。

「我可以坐在這裡嗎？」

她把手放在桌面上。

「當然可以。」

清露齒一笑回應道。

「……所以呢？」

清開口再次反問。

公子靜靜地深呼吸。

「最近半年以來，我先生臉色一直都很沈重，我們也幾乎沒有說上什麼話。」

她開口說道。

「他因為工作的緣故，在家的時間很少，最近就算回家，也只說啊、嗯、知道了、抱歉、我很累……」

公子再度用手帕擦拭眼淚。

「今天他說有重要的話想跟我說……我想一定是，要離婚了……」

她含淚哽咽地說，看著清送的項鍊。

「我以為，他一定忘記我生日了……」

公子用雙手遮住面孔，雙肩劇烈震動。

清大吃一驚，他從來沒想過要離婚。

然而，公子說的話他心裡也有底。這段期間發生了重大案件，他不眠不休地工作，也在此同時，他因為覺得自己不適合當警察而煩惱。

為了不想讓公子察覺他想辭職，清不自覺地閃避和公子交談，他的態度讓公子誤以為他是對婚姻厭倦了，想要離婚。

——沒想到我竟然讓她有了這種誤會……

人心真是難以捉摸，有時候自己逕自煩惱，反而忽略了重要的人的心情。

清不知該對眼前哭泣的妻子說什麼才好，現在的清對公子而言，只是初次見面的陌生人，而且再過幾小時，她就會發生意外喪命。清雖然知道，但卻無計可施。

清慢慢地伸手摸咖啡杯，他感覺到咖啡變冷了。

下一刻，清說的話把自己都嚇了一跳。

「我自從跟妳結婚以後，從來沒想過要離婚……」

他知道現實不會改變，但是清沒有辦法讓公子懷抱著這樣不安的心情死去。就算她不相信，他還是要表明自己的身分，讓公子不要這麼難過。

清能做到的也只有這樣了。

「我是從三十年以後過來的……」

清羞赧地說道。

公子瞪大了眼睛。

「我說有重要的事要說，並不是離婚……」

清輕咳了一聲，挺直背脊，公子直直盯著他不放，讓他不好意思起來，拉下鴨舌帽的帽沿遮住臉。

「其實我想跟妳說，我打算辭職不幹……」

他喃喃道。鴨舌帽的帽沿被壓得低低的，他看不見公子聽到他的話是什麼表情，清還是決定繼續說下去。

「每天都到殺人案件的現場，跟不把別人當人的傢伙交手……真的很累。看見那些任意傷害老人小孩的人，這些人跟我們一樣都是人啊，真是讓人難受，甚至可說是絕望吧……太痛苦了……。不管怎麼追捕，案件還是會繼續發生。我做的事情是不是毫無意義呢……？但是如果跟妳說了，那個……我覺得，妳可能會生氣……就一直，很難說出口……」

咖啡應該很快就要冷掉了。

清不知道公子相不相信，但他還是要把想說的話都說出來。

「但是妳可以放心，我並沒辭職……」

清說著停頓了一下。

「我也沒跟妳分開……」

他小聲呢喃道。這是清盡全力說出的謊言，他發現自己的手心都濕了，但公子仍舊沒有反應。

清只能盯著眼前的咖啡，該說的話都說了，他不敢看公子現在帶著怎樣的表情看著自己，然而已經不後悔了。

「……時間到了，我該走了。」

清伸手要拿咖啡杯。

「果然……是阿清吧……？」

公子喃喃道。她的聲音聽起來好像無法完全相信的樣子，但公子卻叫他「阿清」，那是她從高中時代就這麼叫他的暱稱。

這個令人懷念的稱呼，讓清感到眼眶發熱。但公子說了「果然」這個詞讓他很在意，公子應該不知道這家咖啡店可以回到過去的。

「……為什麼這麼說？」

「那頂帽子……」

「啊……」

清戴的鴨舌帽是公子在他當上警官時，到帽子店去訂製送給他的。

公子望著那頂破舊的鴨舌帽，高興地微笑起來。

「一直都戴著啊……」
「嗯。」
收到這份禮物，已經過了三十年了，對清來說，戴著這頂帽子是理所當然的事。
「工作很辛苦吧？」
「還好……」
「……為什麼沒有辭職呢？」
公子用微弱的聲音問道。
清無法擺脫是因為自己沒來赴約才害公子捲入強盜事件的罪惡感，因此他繼續從事警察的工作，藉以懲罰自己。
清從鴨舌帽沿下直視著公子的眼睛。
「因為有妳在……」
清如此回答公子的問題。

「……我嗎？」

「對。」

「真的？」

「對。」

清毫不猶豫地回答。

他突然感覺到廚房那邊投來的視線，要望著他，眨了一次眼。

——時間差不多了。

清知道她的意思，望著把手放在肚子上的要，想起了數。

——她一定也跟我一樣……

清對要微微點頭，望著咖啡杯。

「那我差不多該回去了……」

「阿清……」

清把杯子舉到唇邊，公子叫了他的名字，她也從要和清交換的眼神看出時間不多了。

「……這樣幸福嗎？」

公子小聲地問道。

「當然。」

清回答，一口氣把咖啡喝完。喝下去時他吃了一驚，咖啡已經低於人體的溫度。

——要不是她提醒，咖啡可能就完全冷掉了……

清望向要，要露出難以言喻的笑容目送他。

搖曳晃動……。清再度覺得頭暈目眩，周圍的景色慢慢從上往下流動，清的身體瞬間變成了熱氣。

「這個……」

公子把項鍊捧在胸前。

「……謝謝你。」

她對清幸福地笑著。

「……很適合妳喔。」

清不好意思地說道，他不知道公子聽到了沒有。

☕

「回來了！」

美紀的歡呼聲讓清睜開眼睛。

美紀轉了個圈，滿面笑容地望向流。自己第一次送回過去的客人回來了，她充滿了工作的成就感。

「太好了。」

流也鬆了一口氣，摸著美紀的頭讚美道。

只有數仍舊一如往常地平靜，代替興奮得蹦蹦跳跳的美紀，收拾了清的咖啡杯。

「……怎麼樣？」

數問道。

清開口第一句話卻是——

「您懷孕了吧？」

喀嗒。哐噹、哐噹、哐噹……

托盤落地的聲音在店中迴響，失手的是流。

「爸爸，你吵死了！」

美紀責怪他。

「對、對不起……」

流慌忙把托盤撿起來。

數仍舊不動聲色。

「是的。」

她回答。

「……為什麼這麼說？」

發問的是流。

「我見到懷著妳的令堂了……」

清望向數說道。

「您的母親也說沒辦法泡回到過去的咖啡了，所以……」

「……這樣啊。」

數如此回答，收拾了清的咖啡杯，走進廚房。

在此同時，洋裝女子要從洗手間回來了。

清站起來，對要領首示意，把位子讓給她。

數端著要的咖啡從廚房回來，把咖啡端給要。

「令堂好像很幸福喔。」

清對數說道。

數把咖啡杯放在桌上，停止了動作，這可能還不到一秒鐘，但流跟清都屏息等待數的反應。

「啊……」

美紀打破了令人窒息的沈默。

「快看。」

美紀蹲下去，從地板上撿起了什麼東西，只見她用大拇指和食指捏著一片櫻花花瓣。

這是從誰的肩頭上飄落的啊……

一枚花瓣宣告了春天的來臨。

「春天到了喔。」

美紀舉起櫻花花瓣說。

數溫柔地微笑。

「從媽媽回到過去就沒有回來的那天開始……」

數以沈靜的聲音說道。

「我就一直害怕幸福……」

數的話不知道是對誰說的，如果一定要有對象的話，那應該就是這家咖啡店吧。

「……那天，媽媽突然不見了……幸福的日子跟我重要的人一起，瞬間消失了……」

一行清淚從數的眼中流下。

從要回到過去就沒有回來的那天起，數在學校不交朋友了，因為她害怕失去。中學和高中，她也不參加任何社團活動，同學邀她去玩，她也從來沒有答應過，一放學就回家到咖啡店幫忙。她不跟任何人往來，對任何人都沒有興趣。

這一切都是因為數對自己說：「我不可以過著幸福的日子……」

數讓這家咖啡店束縛了自己，她無欲無求，只為了泡咖啡而存在……彷彿是對母親要的贖罪。

流也落下了淚水。這是從那天開始，就一直在數身邊，眼見數一路苦惱至今的男人的淚水。

「我也一樣……」

清喃喃道。

「……要是我遵守約定的話，我太太可能就不會死。我太太的死，都是因為我沒來赴約，是我的錯。所以我沒有資格過著幸福的日子……」

清也用警察的工作束縛了自己，他刻意選擇了艱困的道路。

因此，清一直如此覺得「我不能自己一個人幸福」。

「但這樣是不對的。我在這家咖啡店認識的各位讓我明白了。」

清調查的對象，不只有想跟去世妹妹見面的平井，他還見過去找分手男朋友的女人，以及失去記憶的丈夫的護士。

去年春天，有人去見了二十二年前去世的好友；秋天有人去見了病死的母親；然後冬天時有個自知死期不遠的男人來自過去，希望讓被自己拋下的戀人幸福。

「他留下的話，讓我非常感動。」

清拿出黑色的小筆記本，唸出寫在筆記本上的句子——

要是妳幸福地生活下去，那個孩子就是用了七十天的生命讓妳幸福。這樣，那個生命就有意義了。只有妳能讓那個孩子的生命有意義，所以妳一定要幸福。最希望妳幸福的人是那個孩子啊……

「也就是說……我的生活方式，就是妻子的幸福……」

清可能一直反覆閱讀這段話，筆記的這一頁已經被翻得破破爛爛的了。

這句話應該也打動了數，她臉上流下一道淚水。

清把筆記本放進上衣口袋裡，重新戴好鴨舌帽。

「我不覺得令堂是為了讓您不幸，才沒有從過去回來……所以請您平安生下孩子……然後，」

清停頓了一下。

「……您可以幸福地生活下去。」

他在數背後對著凝視著要的數說道。

數沒有說話，只慢慢閉上眼睛。

「感謝招待。」

清把咖啡錢放在櫃臺上，走向出口。

流對清低頭致意。

「啊，對了……」

清突然在出口處停下腳步，轉過身來。

「怎麼了嗎？」

流問道。

「沒事……。您挑的項鍊，我太太非常喜歡……」

清對著數說，接著點頭道謝後，走出咖啡店。

喀啦哐噹。

寂靜再度籠罩了店裡。

美紀完成了工作，握著流的手開始打盹了。

「……怪不得。」

流發現美紀突然安靜下來的理由，一下子把她抱起來。

櫻花花瓣從美紀指尖飄落。

「……春天啊。」

流喃喃道。

「大哥……」

「……嗯？」

「我……」

「…………」

「可以幸福嗎？」

「……嗯。」

「…………」

「我有這傢伙在……」

流抱穩了美紀。

「沒問題的。」

他說完走進裡面的房間。

「……嗯。」

漫長的冬天，就要結束了。

從那天開始，就沒有變過的景象。

「媽媽……」

木製吊扇在天花板上慢慢旋轉。

「我……」

三座巨大的落地鐘刻畫著時間，將店內染成黃褐色的罩燈。

數在時間彷彿靜止一般的店內，慢慢地深呼吸，把手放在自己肚子上。

「我會幸福的。」

她輕聲說道。

數的話聲才落，一直在閱讀小說的要臉上露出了溫柔的微笑，那笑容跟她生前對數露出的笑容一模一樣。

「媽媽……」

數開口的瞬間，要的身體像咖啡的熱氣一般飄上了天花板。熱氣在空中縈繞了半晌，不知何時就消失在天花板中了。

數慢慢閉上眼睛。

要的身影消失後，那個座位上出現了一位老紳士，他拿起桌上的小說，翻開第一頁。

「可以給我咖啡嗎？」

他對數說道。

數默默地抬頭望著天花板，茫然站了一會兒，最後她慢慢望向老紳士。

「……知道了。」

她回答，俐落地轉身走進廚房。

季節逡巡。

人生有嚴冬。

然而冬天過了，春天一定會到來。

這裡的春天也來臨了。

數的春天，才剛剛開始。

在謊言拆穿之前

作　　者　川口俊和
　　　　　Toshikazu Kawaguchi
譯　　者　丁世佳 Lorraine Ting
發 行 人　林隆奮 Frank Lin
社　　長　蘇國林 Green Su

出版團隊
總 編 輯　葉怡慧 Carol Yeh
日文主編　許世璇 Kylie Hsu
企劃編輯　許世璇 Kylie Hsu
封面設計　許晉維 Jin Wei Hsu
內文排版　譚思敏 Emma Tan

行銷統籌
業務處長　吳宗庭 Tim Wu
業務主任　蘇倍生 Benson Su
業務專員　鍾依娟 Irina Chung
業務秘書　陳曉琪 Angel Chen
　　　　　莊皓雯 Gia Chuang
行銷主任　朱韻淑 Vina Ju

發行公司　精誠資訊股份有限公司　悅知文化
　　　　　105台北市松山區復興北路99號12樓
訂購專線　(02) 2719-8811
訂購傳真　(02) 2719-7980
專屬網址　http://www.delightpress.com.tw
悅知客服　cs@delightpress.com.tw

ISBN：978-957-8787-28-5
建議售價　新台幣360元
首版一刷　2018年05月
二十三刷　2024年03月

國家圖書館出版品預行編目資料

在謊言拆穿之前 / 川口俊和 著；丁世佳譯.
-- 初版. -- 臺北市：精誠資訊, 2018.05
　面；　公分

ISBN 978-957-8787-28-5（平裝）

861.57　　107005812

建議分類｜文學小說・翻譯文學

廣	告	回	信
平信、免貼郵票			
台灣北區郵政管理局登記證			
台北廣字第1531號			

SYSTEX making it happen 精誠資訊 | dp 悅知文化 Delight Press

精誠公司悅知文化　收

105 台北市復興北路**99**號**12**樓

（請沿此虛線對折寄回）

人生最困難的事，就是不說謊而活下去。
我們總在為對方著想之際，卻也不知不覺地束縛了自己。

dp 悅知文化 Delight Press

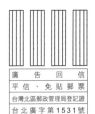

讀者回函

《在謊言拆穿之前》

感謝您購買本書。為提供更好的服務，請撥冗回答下列問題，以做為我們日後改善的依據。

請將回函寄回台北市復興北路99號12樓（免貼郵票），悅知文化感謝您的支持與愛護！

姓名：________________ 性別：□男 □女 年齡：______ 歲

聯絡電話：(日)________________ (夜)________________

Email：________________________________

通訊地址：□□□-□□ ________________________________

學歷：□國中以下 □高中 □專科 □大學 □研究所 □研究所以上

職稱：□學生 □家管 □自由工作者 □一般職員 □中高階主管 □經營者 □其他________

平均每月購買幾本書：□4本以下 □4~10本 □10本~20本 □20本以上

- 您喜歡的閱讀類別？(可複選)

□文學小説 □心靈勵志 □行銷商管 □藝術設計 □生活風格 □旅遊 □食譜 □其他 ________

- 請問您如何獲得閱讀資訊？(可複選)

□悅知官網、社群、電子報 □書店文宣 □他人介紹 □團購管道

媒體：□網路 □報紙 □雜誌 □廣播 □電視 □其他 ________________

- 請問您在何處購買本書？

實體書店：□誠品 □金石堂 □紀伊國屋 □其他 ________________

網路書店：□博客來 □金石堂 □誠品 □PCHome □讀冊 □其他 ________________

- 購買本書的主要原因是？(單選)

□工作或生活所需 □主題吸引 □親友推薦 □書封精美 □喜歡悅知 □喜歡作者 □行銷活動

□有折扣 ______ 折 □媒體推薦 ________________

- 您覺得本書的品質及內容如何？

內容：□很好 □普通 □待加強 原因：________________

印刷：□很好 □普通 □待加強 原因：________________

價格：□偏高 □普通 □偏低 原因：________________

- 請問您認識悅知文化嗎？(可複選)

□第一次接觸 □購買過悅知其他書籍 □已加入悅知網站會員www.delightpress.com.tw □有訂閱悅知電子報

- 請問您是否瀏覽過悅知文化網站？ □是 □否

- 您願意收到我們發送的電子報，以得到更多書訊及優惠嗎？ □願意 □不願意

- 請問您對本書的綜合建議：________________

- 希望我們出版什麼類型的書：________________